ÉMILE CORRA

JOURS DE COLÈRE

(DIES IRÆ)

PARIS

ALPHONSE LEMERRE, ÉDITEUR

27-29   PASSAGE CHOISEUL   27-29

1872

JOURS DE COLÈRE

DU MÊME AUTEUR

Paraîtra prochainement .

Mes Rêveries (Poesies intimes).

Philosophie d'un Démocrate

PARIS. — J. CLAYE, IMPRIMEUR, 7, RUE SAINT-BENOIT.   [842]

ÉMILE CORRA

JOURS DE COLÈRE

(DIES IRÆ)

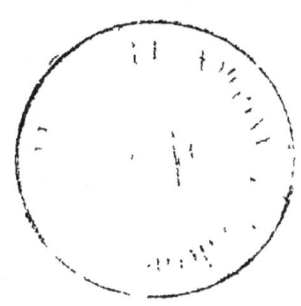

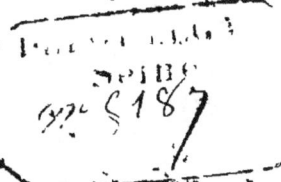

PARIS

ALPHONSE LEMERRE, ÉDITEUR

47, PASSAGE CHOISEUL, 47

—

1872

A MADAME ROUGIER

MA SECONDE MÈRE

Hommage d'éternelle reconnaissance !

PROLOGUE.

Tu pars, mon frêle esquif, ma fragile nacelle,
      Construit sur un affreux chantier.
Déjà ta voile tombe et ta quille chancelle.
      Me reviendras-tu tout entier?

Oh! dès demain, peut-être arraché par l'orage
      Tu vas t'engloutir sous les flots;
Et sans être entendus, aux fureurs du naufrage,
      Iront s'abîmer nos sanglots!

Il faut lutter pourtant pour dompter la tourmente,
      Du matin aux soleils couchants,

Et du sommet blanchi de la vague inclémente
Nous abattre sur les méchants.

Viens ; tu frémis déjà sous la main désolée
De ton lugubre nautonnier,
Qui cherche sous les cieux sa bannière envolée
En désespérant le dernier.

Nous engageant ainsi sur la mer orageuse
Dans les récifs et les écueils,
Tu verras bien souvent ta coque courageuse
Flotter à côté des cercueils.

Bien souvent égarés dans ces gouffres immondes
Nous ferons jaillir le limon,
Et bien que sans secours sur ces terribles ondes,
Nous devrons vaincre le démon.

Mais déjà ta mâture à ce combat s'engage,
Déjà je vois bondir ton flanc,
Et déjà le boulet qui craint notre abordage
Vient trouer ton côté sanglant.

Allons! c'est pour venger notre mère meurtrie!
     Notre signal est : Châtiment;
Et le nom vénéré de la belle patrie
     Est notre cri de ralliement.

Mais comme le marin s'adresse à la madone,
     En partant sur les vastes mers,
Afin qu'on le secoure, afin qu'on lui pardonne,
     Nous dirons nos vœux trop amers.

Nous prions donc aussi pour que la République
     Rende la France à ses enfants
Et pour que courent sur l'océan Pacifique
     Ses longs pavillons triomphants.

Paris, avril 1872.

A MA MERE !

Toi qui m'as bercé de caresses,
Et de sourires bienfaisants ;
Toi qui rayonnais de tendresses
Sous le soleil des jeunes ans ;

Toi qui m'enseignas l'indulgence
En la prodiguant chaque jour,
Connaîtras-tu dans la vengeance
La voix qui vibra ton amour ?

Hélas ! ma lèvre désolée
Comme autrefois voudrait creuser
La pierre de ton mausolée
En y déposant son baiser.

Mais des lumières insolentes
S'allument aux cieux empourprés ;
Et ce sont des larmes sanglantes,
Qui découlent de ces cyprès.

C'est qu'ils ont profané ta tombe ;
C'est que d'outrage je suis plein ;
C'est que pour dominer la trombe
Naît le sanglot de l'orphelin.

Paris, avril 1872.

A MON PÈRE!

Ainsi je t'ai couché frissonnant dans la fosse ;
Ainsi tu t'endormis souriant et serein,
Car tu croyais encore à cette apothéose
Où nos bras enlaçaient la gloire au front d'airain.

Ainsi tu combattis et tu versas ton sang ;
Tu marchas dans ce feu qui fut la grande armée ;
Ta main pendant trente ans ne fut point désarmée,
Et ton glaive a fouetté sur le monde impuissant.

Ainsi tu m'as montré, ton flanc aux dix entailles
Et tu m'as dit : Mon fils, voilà tout mon orgueil ;
Et le drapeau troué de ces nobles batailles,
Maintenant, ô douleur ! t'enveloppe au cercueil.

Tout cela, pour qu'un jour dans l'horreur du trépas
Se courbent les enfants sous une honte infâme!

Eh! bien, non; temps maudits! vous n'aurez point mon âme;
Mon père, dors en paix; ton fils n'oublîra pas.

Paris, avril 1872.

VÆ VICTIS!

A LA FAMILLE ROUGIER.

I.

Blanche avait eu seize ans à la Pâque dernière ;
Elle avait tout l'éclat d'une fleur printanière,
Le parfum, la fraîcheur ; et telle elle croissait ;
Ce superbe trésor de beauté paraissait
Plutôt appartenir au séjour des déesses
Qu'au domaine trompeur des avares jeunesses
Qui, voulant épargner leurs magiques joyaux,
Les laissent à regret recueillir dans nos eaux.
On aurait dit un lis entr'ouvert par l'aurore,
A coup sûr, elle était plus charmante que Flore,
Elle semblait enfin un marbre de Paros
Tendrement animé par le sang des héros.

II.

Aussi, quand le matin elle dormait sans trouble,
Dans ces chastes maintiens où la grâce redouble,
A peine la lumière, à peine le soleil
Osaient-ils, interdits, contempler son sommeil,
Tant, sur son front si pur, couronne éblouissante,
Se montrait des vertus l'auréole naissante ;
Tant elle était divine et tant son noble aspect
Du plus indifférent inspirait le respect.
Surtout elle était bonne, aimante, généreuse,
Partageant à chacun dans sa candeur joyeuse
Tous ses trésors d'amour ; et dans chaque hameau
Quand on s'informait d'elle on n'entendait qu'un mot,

III.

Cet ange ! Car partout on connaissait sa gloire,
Jusqu'aux moins affligés s'étendait sa mémoire ;
De même qu'à l'autel on sent le repentir,
De même à son regard on craignait de mentir ;
Les fronts se découvraient partout sur son passage,
Et tous, en l'admirant, l'aimaient dans le village.

Comme une reine ainsi, vivant sans vanité,
Elle n'avait d'orgueil que dans la charité ;
Pourtant, pour ses pas seuls, les gazons, les prairies
Se couvraient, en riant, de leurs herbes fleuries ;
Pour elle le ruisseau murmurait plus longtemps,
Pour elle les zéphirs revenaient au printemps.

IV.

Dans ce calme serein où la douleur s'émousse
Elle vivait en paix, ou tantôt, sur la mousse,
Dans les jeux des enfants qu'elle allait caresser,
Ou près des indigents fière de s'abaisser.
Ceux-ci lui demandaient à brûler de sa flamme
Et ceux-là possédaient tout son cœur et son âme.
Abandonnant souvent la moitié de son pain
Qui lui semblait amer quand d'autres avaient faim,
On la voyait surtout dans les pauvres chaumières
Y combattre la mort ou donner ses prières
Et n'ayant qu'un désir, qu'un souhait et qu'un soin,
Donner, donner toujours, quelquefois sans besoin.

V.

Pourtant à son berceau, la fortune sanglante
Qui peut même à l'enfant, se montrer insolente,
La vit naître ici-bas d'un œil de cruauté ;
Le sort en la poussant vers la méchanceté,
Ne la fit point pleurer ou marquise ou duchesse,
Et n'avait pas vers elle apporté la richesse.
Être faible et chétif, dont l'esprit en germant,
Hélas ! avait puisé ses sucs dans le tourment,
C'était une humble fille à l'origine obscure ;
Mais elle était plus noble en sa naissance pure
Qu'un rayon de vertu dirigé sur ce lieu
Ou qu'un ange sorti parfait du sein de Dieu.

VI.

Des maudits tout à coup font éclater la guerre,
Qui, troublant à jamais les douceurs de naguère,
Rougit les cieux dorés de ses rayons sanglants,
Et par tous ses démons, dans la mort, opulents,
Vient semer la fureur au paisible rivage,
Et sur les innocents appesantir sa rage.

Il faut quitter ces lieux que craignaient les souçis,
La maison, le clocher, les vieux arbres noircis,
Et s'en aller, pleurant, sur la route poudreuse,
Sans qu'on laisse gémir son âme douloureuse ;
Et peut-être demain, froids, couchés sans tombeaux
Tous ces enfants seront déchirés des corbeaux.

VII.

Le deuil plane en tous lieux, et l'on voit dans la plaine
Des femmes en courroux, des pères pleins de haine,
Qui s'arrêtent en pleurs et maudissent les rois,
Qui viennent d'ici-bas encor charger nos croix;
Qu'importe à ces damnés, poursuivis de chimères,
Que tombent les enfants et que saignent les mères?
Ils sont fiers et jaloux de cueillir en chemin
Des lauriers arrosés des flots du sang humain.
Et ce sont des soupirs et des cris de détresse,
Et partout et toujours; et Blanche, en sa tendresse,
Qui la faisait souffrir du sort des malheureux,
Avec cette amitié qu'elle gardait pour eux,
Répétait : O mon Dieu! pourquoi vont-ils se battre?
Quel besoin a donc pris nos frères de combattre?

VIII.

De grâce! auprès de nous, demeurez, mes amis,
Le ciel vous punirait, car il n'est point permis,
Malgré tout votre droit, de tuer vos semblables.
A Dieu seul appartient de frapper les coupables.
Oseriez-vous encor revenir dans nos bras,
Pâles, ensanglantés, comme des scélérats?
Avez-vous oublié tous nos transports de joie?
Et le mal est-il donc une si noble proie,
Que vous nous délaissez? Et nous, mes sœurs, prions,
Avec le tendre amour du temps où nous riions,
Qu'il leur soit pardonné de quitter nos chaumières,
Et pour que le regret les ramène à leurs mères!

IX.

Un jour, on entendit résonner le canon,
Et Blanche, jusqu'au soir, en implorant le nom
De son Dieu pour ces fous acharnés dans la lutte,
Allait avec ardeur pour adoucir leur chute.
La pauvre enfant avait la peur de succomber
Dans sa pénible tâche, et de laisser tomber

Un soldat sans secours, sans une voix amie,
A cette heure, oubliant sa colère ennemie.
Ne savait-elle pas qu'à ces abandonnés
Il restait, ô regrets! des parents éloignés,
Et qu'il leur était doux de voir couler leurs larmes
Dans un sein généreux souffrant de leurs alarmes.

X.

Toutefois les blessés encore rugissants
Disaient que de partout nos efforts impuissants,
Hélas! s'étaient brisés sur d'épaisses murailles
Où l'on avait trouvé d'atroces funérailles.
Nos morts étaient couchés dans les champs par milliers,
Mais ces maudits étaient au combat familiers,
Et, toujours plus nombreux, arrivaient à la suite.
Et chacun répétait que nos troupes en fuite
N'avaient plus de courage. On plaignait les accès
De ces pauvres martyrs qui doutaient du succès
En perdant la mémoire, et l'on crut que la fièvre
Qui les troublait alors faisait mentir leur lèvre.

XI.

Mais quand on vit pourtant s'agiter leur fureur,
Que venait exciter cette froide stupeur ;
Quand on les vit sanglants se dresser sur leurs couches
Refuser jusqu'à l'eau pour humecter leurs bouches,
Et, dans leur folle rage, échapper aux secours
Ou s'affaisser enfin au bout de leur parcours,
Avec ce dernier cri désespéré : Des armes !
Comme une froide glace, on sentit les alarmes
S'emparer tout à coup des cœurs qui bouillonnaient,
Et chacun fut jaloux de ceux qui revenaient,
Meurtris, de ce combat dont leurs mains mutilées
N'avaient point arraché nos gloires affolées.

XII.

Et quand on vit au loin les villages brûler,
Quand on vit, en lambeaux, notre étendard voler
Au-dessus des soldats qui quittaient la bataille ;
Quand on n'entendit plus le bruit ni la mitraille ;
Comme rugit la foudre après un long éclair,
Un formidable cri vint retentir dans l'air,

Et quand, le soir, on vit glisser dans la nuit sombre
Un troupeau de vautours affamés et sans nombre,
Qui vint sur le pays s'abattre sans remords,
On dit : C'est le vainqueur; pourquoi n'être pas morts?
Pourtant, notre auréole, en brillant solitaire,
Lançait du haut des cieux ses rayons sur la terre.

XIII.

Et Blanche, courageuse encore en ce moment,
Plus forte en son devoir, priait plus ardemment.
Elle avait d'un mourant étanché la blessure,
Et dans l'église, qui, comme retraite sûre,
S'était ouverte à ceux qui cherchaient le repos,
Prodiguait et ses soins et ses chastes propos.
C'était dans l'angle obscur de la sainte chapelle.
Une voix rude, alors, l'interroge et l'appelle.
L'enfant, tout étonnée, approche en rougissant,
Dans cet espoir, hélas! qu'un secours plus pressant
Lui sera réclamé. Elle vient, confiante,
Et ce bonheur la fait tristement souriante.

XIV.

Tout était harmonie en elle, et notre encens
N'a jamais pu monter vers un être aux accents
Plus sacrés et divins ; elle était douce et pure ;
Sa démarche laissait quelque tendre murmure ;
On voyait sur son front rayonner la candeur ;
Son regard enflammé brillait avec pudeur
Et sa voix résonnait si fraîche et si suave,
Que le bruit du zéphyr vous eût semblé plus grave.
Dans son touchant amour elle allait en ce lieu,
Plus noble que serait un envoyé de Dieu,
Et le mourant croyait contempler son bon ange.
Mais que fera jamais la lumière à la fange ?

XV.

Pour n'avoir point senti dans son cœur hébété
Quelque étincelle alors chasser la volupté,
L'homme qui l'appelait n'appartient point au monde
Ou n'était qu'un amas d'une matière immonde.
Blanche ne savait rien et ne soupçonnait pas
Ce que voulait ce monstre au milieu du trépas

Elle crut, l'innocente, à quelque ordre sévère,
Et suivit, en pleurant d'une douleur amère,
Son guide, qui du doigt lui montrait le chemin.
Celui-ci tout à coup s'empara de sa main,
Et, de son front candide approchant avec rage,
Par un hideux baiser mit le comble à l'outrage.

XVI.

Le bandit, qu'égarait cet orgueil du vainqueur,
O sacrilége! osa faire appel à son cœur.
Quand l'enfant, aussitôt, lui crachant à la face,
S'en fut, avec l'espoir de lui cacher sa trace;
Mais, poursuivant encor sa profanation,
Dans le forfait voulant l'abomination,
Le soudard, enivré par le vin et la poudre,
Auprès d'elle bientôt retomba comme un foudre.
(C'était un général, et le droit éternel
Est que plus on est grand, plus on est criminel.)
Aussi la retint-il, aidé par ses sicaires,
Qui semblaient honorés de ces soins sanguinaires.

XVII.

Dans sa fureur étrange et son brutal amour,
Il la fit garrotter et frapper tour à tour,
Et plus elle souffrait, plus son regard superbe
Contemplait cette enfant plus faible qu'un brin d'herbe,
Qui, pour ces cruautés n'ayant que du mépris,
Souriait à l'aspect de ses membres meurtris ;
Et puis on l'emporta, mourante, évanouie ;
Pourtant elle disait : « Quelle rage inouïe !
O ma mère ! ma mère ! ils vont m'assassiner ! »
C'eût été doux, enfant, et moins lâche à donner ;
Mais il est beau, vois-tu, d'être inscrit dans l'histoire,
Pour qu'on sache comment on goûte la victoire.

XVIII.

Tel un chaste murmure emporté par l'autan,
Tel un rayon terni par l'orage, au printemps ;
Ainsi le lendemain, Blanche, encore meurtrie,
Contemplait tristement son aurore assombrie.
Cependant, elle avait conservé sa beauté,
Et son âme éclatait d'autant de pureté

Qu'une odorante fleur, dans la nuit parfumée,
Qui brille, sans sortir de sa sphère embaumée.
Mais en vain la matière ici-bas peut souiller
Les vertus ; ses lambeaux, qu'ils savent dépouiller,
Ne couvrent point nos feux toujours intarissables,
Les clartés du génie étant impérissables.

XIX.

Pourtant on la voyait pâlir dans le tourment !
Sa figure plus mâle et son air plus ardent
Reflétaient chaque jour de sinistres pensées,
En foule dans son sein par la crainte amassées.
Car la vierge avait vu sa foi prête à faillir
En sentant, de douleur, tout son flanc tressaillir,
Et son cœur s'éloignait de ces bonheurs austères,
Tressaillements divins qui soutiennent les mères
Au milieu des douleurs de la maternité.
Pour elle, ces bienfaits remplis de cruauté
La faisaient avec rage arracher ses.entrailles,
Et son esprit cherchait plutôt des funérailles.

XX.

Comme un être entouré de complots odieux,
Elle semblait vouloir s'élancer vers les cieux ;
Mais quand parfois, hélas, sa mémoire cruelle
Venait lui rappeler qu'elle avait été belle,
Elle sentait le feu qui brûlait dans son sein
Et croyait que du sort un mensonger dessein
La berçait à loisir d'une folle espérance ;
Et puis, elle sentait renaître sa souffrance
En contemplant encore, autour de son bras nu,
L'empreinte de la corde ; et l'affront inconnu
Jaillissait plus sanglant, car cette meurtrissure
Venait lui rappeler son infâme souillure.

XXI.

Alors, elle fuyait au plus profond des bois,
Et, laissant les sanglots éclater dans sa voix,
Elle accusait le monde et maudissait la vie,
Ses beaux rêves passés, sa jeunesse ravie ;
Pendant toute la nuit courait dans les blés verts,
Puis allait, le matin, quand les cieux entr'ouverts
Déversaient leurs rayons aux âmes reposées

Et leur douce fraîcheur aux plantes arrosées,
Cacher encor sa honte au fond d'un antre obscur,
Où la suivait toujours ce souvenir impur,
Et, seule en cet endroit, prononçant l'anathème
Contre Dieu, contre tous, proférait le blasphême.

XXII.

Après neuf mois remplis d'une telle douleur,
Qui la faisait paraître une ombre du malheur,
Sonna le terme, enfin, marqué par la nature.
Blanche n'écouta rien, ni plaintes, ni torture,
Ni tous les cris plaintifs de cet être impuissant
A regret enfanté dans le meurtre et le sang ;
Elle accourut, féroce en sa haine éclatante,
Le flanc tout déchiré, la tunique sanglante,
Et nue, échevelée, emportant son enfant,
Fière, elle vint alors entraîner l'Allemand
Jusqu'au sinistre lieu où se commit le crime,
Et, jetant à ses pieds cette pauvre victime,

. . . .

« Reprenez votre bien, dit-elle à ces soudards ;
« Nous n'avons point, ici, de lait pour vos bâtards ! »

Les Quayres, mai 1871.

LES BONS DE PAIN.

Chaque matin, quittant la mansarde glacée,
L'enfant allait se joindre à la foule pressée
Qui, comme un flot avide et qui coule en grondant,
S'avançait implacable en son besoin ardent.

Le petit, bien souvent, avait vu la souffrance,
De son cœur jeune et tendre, arracher l'espérance.
Sa mère lentement mourait sur un grabat,
Son père, chaque jour, courait vers le combat.

N'importe, il résistait. Au plein de la bataille,
Dans le terrible feu de l'ardente mitraille,
Il fût allé chercher le noir morceau de pain
Pour arracher encor sa famille à la faim.

Pour conserver sa mère, un jour, une seconde,
Il eût glissé, je crois, dans une nuit profonde,
Sans guide que l'amour, pour tuer l'oppresseur.
Il eût même volé le pain d'un défenseur.

Ils étaient là cinq cents, décharnés et livides,
Grelottants et transis, sur les pavés humides,
Luttant contre le froid, glissant sur le verglas
Et n'entendant que cris, que sanglots et que glas.

Les bières, transportant ceux que la mort protége,
Passaient, et pour linceuls elles avaient la neige.
Et tous ces malheureux, alors, tendaient la main,
Voulant vivre aujourd'hui pour se venger demain.

Ils avaient faim, bien faim, et dans cette misère,
Peut-être ils n'eussent point reconnu même un frère;
Mais quand l'enfant disait : Pitié! ma mère attend!
Ils se découvraient tous et s'écartaient, pourtant.

Et lui remerciait d'un regard plein de larmes
Ceux qui savaient ainsi comprendre ses alarmes.
Il s'enfuyait, heureux dans son noble désir :
Il pouvait à sa mère épargner un soupir.

Un jour que, dans l'effroi, la rue était déserte,
Et qu'il glissait pourtant par la porte entr'ouverte,
Un obus, en sifflant, vint s'abattre à son pié,
Et, plein d'affreux courroux, le meurtrit sans pitié.

L'enfant s'agenouilla comme un ange en prière
Et périt, radieux, en priant pour sa mère !

Paris, février 1872.

PARIS.

A MON AMI E. FAIVRE.

Il est, dit-on partout, une ville incroyable
Dont l'entière existence atteint presque la fable ;
Tant ses déchirements amènent de beaux jours,
Tant sa haine en transports est capable d'amours.
De passagère nuit, sortant plus rayonnante,
Sans prière, elle obtient notre grâce étonnante,
Car son éclat sans fin monte au sommet des cieux
D'où, tout enorgueillis, la protégent les dieux ;
Car un charme secret nous attire vers elle,
Le mal la déchirant sans la rendre moins belle.
Des monstres, des héros sont sortis de son sein.
Ses caprices, souvent, d'un mouvement soudain,
Ont fait un jour de deuil d'un lendemain de fête,

Attirant sans regrets l'orage sur sa tête;

Mais son front radieux, aussitôt découvert,

Nargue de sa hauteur l'insensible univers.

Le peuple, la justice, ont pris à sa mamelle

Le sang qui les soutient dans leur lutte jumelle;

Elle a, dès son berceau, nourri la liberté,

Et l'indocile enfant a dû sa fermeté

Au vigoureux appui dont sa main bienfaisante

Entoura tout d'abord sa marche languissante;

Et les rois en frayeur se couchent à ses pieds,

Et les peuples domptés lui portent des lauriers.

C'est là que de partout arrive le génie

Qui trouve sous ces cieux une place bénie;

C'est là que seulement les arts pouvant florir

De tous côtés, on voit s'empresser, accourir

Tous ces êtres divins qui puisent à sa flamme

La science du bien nécessaire à leur âme.

C'est Paris, en un mot, la ville de grandeur

Où personne n'est né, dont chacun sait l'ardeur,

Et que son noble éclat, sa gloire enchanteresse

Ont faite pour jamais souveraine maîtresse.

Paris, où les humains sont tous représentés,

Paris, où les esprits ne sont jamais domptés,

Dont on connaît partout et les noms et les œuvres;

Paris qui des tyrans conjura les manœuvres
En portant la justice aux peuples asservis ;
Paris, dont on a vu se dresser les parvis
En courroux, sous les pieds de ces troupeaux d'esclaves,
Qui croyaient à ses mains attacher leurs entraves,
Paris indépendant, Paris libérateur,
Qui fit grandir le faible en broyant l'oppresseur.

C'est cette ville unique à nulle autre pareille,
Et que d'un œil jaloux à l'étranger l'on veille,
Qu'un homme qui vécut adulé dans ces murs,
Pour faire triompher tous les actes impurs,
Qu'un traître, qu'un bandit vint livrer sans défense,
Préférant à la mort une lâche impudence.
Vingt ans ce monstre put commander des humains ;
Vingt ans elles ont pris, ces impudiques mains,
Les serviles baisers d'une foule impuissante
Qu'on gorgeait, dans sa faim abjecte et repoussante,
De tout l'or arraché d'un peuple assassiné.
L'or et le déshonneur étaient à ce damné
Comme glands aux pourceaux, et dans l'ignominie
Il se vautrait toujours comme en place bénie.
Enfin l'heure venait où, traqué dans ses tours,
On l'allait pourchasser et le rendre aux vautours,

Comme un pestiféré le repousser sans plainte,
Et l'exécration de la foule sans crainte
L'aurait fait en lépreux périr sur un fumier ;
Mais l'hyène vit bien encore en un charnier,
Et le serpent qui meurt écrasé dans la plaine
Arrache du venin par un effort de haine.
Ainsi ce Bonaparte, au crime succombant,
Voulut nous entraîner dans le gouffre béant,
Et, par sa honte aussi, sa chute criminelle,
D'un peuple de héros faire un peuple femelle.
Ainsi les ours du Nord, qu'il savait allécher,
Ont quitté leurs forêts, sont sortis du rocher
Et sont venus, hurlant d'un appétit sauvage,
Sur des corps enchaînés se livrer au carnage.
Affamés de douleur, et de meurtre et de deuil,
Ils ont creusé partout, la fosse et le cercueil.
Ils ont bu notre sang, effondré nos demeures,
S'engraissant à loisir, pendant de longues heures,
De nos biens, inconnus dans leurs antres obscurs.
Goules sans retenue, aux sentiments impurs,
Que l'appât et le gain n'avait point modérées,
On les vit étendant leurs griffes acérées
Vers ce Paris si cher dont leurs regards jaloux
Convoitaient la pâture ainsi que font les loups.

Mais ces vautours humains ont frayeur de la vie ;
Il leur faut le cadavre immonde de voirie.
Paris, s'étant fermé dans un cercle de feu,
De vaincre ou de mourir avait formé le vœu,
Et, pendant cinq longs mois, dans leur ardeur cuisante,
On les vit épier leur proie agonisante.
Hélas ! le dévouement fut des cieux repoussé !
Et Paris succomba, de ses mains terrassé !
Mais le mépris des coups auxquels il fut en butte,
Jusqu'au dernier effort a prolongé la lutte,
Et, le front dans la neige, écrasé sous la croix,
Il effrayait encor par sa superbe voix.
Il a pu sans faiblir supporter la torture.
Dans sa noble valeur, il dompta la nature,
Et si les os des morts n'ont pas servi de pain,
C'est que ses gouvernants ont craint d'avoir trop faim.

On pouvait croire, enfin, qu'après telle souffrance
Le sort, à notre égard, userait d'indulgence,
Et Paris renaissant allait vivre bientôt
Au rang que sa grandeur lui rendait aussitôt ;
Mais un sombre nuage, arrêté sur ses dômes,
S'abattit rugissant, poussé par des fantômes ;
De son sein déchiré jaillit un long éclair,

Comme un regard sans fin se prolongeant dans l'air,

Et l'on vit dans ce ciel, qui pleuvait l'insomnie,

Surgir un spectre affreux, hydre de l'anarchie.

Et l'homme se fit voir avec rage animé

Contre un frère, un ami, levant son bras armé ;

Dans sa colère infâme, assassinant son père,

En foulant à ses pieds la tombe d'une mère,

Et se montrant, hélas! atroce et triomphant,

Lorsque sous son poignard s'abattait un enfant.

Rien ne put arrêter la lutte fratricide

Chez ces gens animés de folie homicide,

Car un démon maudit les poussait au combat,

Ne leur montrant le bien que dans l'assassinat.

Pauvres gens égarés dans ces guerres impies,

Qui pour la liberté crûtes donner vos vies,

Vous dormez maintenant sous l'herbe des tombeaux,

Où de la vérité vous voyez les flámbeaux,

A côté des forçats que les prisons ouvertes

Ont vomis pleins de haine à vos portes désertes,

Et le ver, en rongeant la chair de votre front,

Vous dit peut-être encor cet éternel affront.

On a vu le vieillard, la frêle jeune fille,

Armés pour le combat, accourir par la ville;

Et le soir, sous les forts, des femmes en courroux

Venaient, dans le charnier, rechercher leurs époux.

Des cris, toujours des cris, des sanglots et des larmes.

Des cadavres partout, des blessés et des armes.

Pourtant, dans ces douleurs, ces menaces de mort,

Qui vers un gouffre obscur la poussaient sans effort,

Paris, par sa fierté, frappait encor le monde.

La voix de la raison, dans ce chaos immonde,

Se perdait au milieu du bruit et du tourment,

Et l'on ne vit d'accord que dans le châtiment.

Quand on venait prêcher le dogme humanitaire,

On bafouait, riait, vous appelait sectaire.

Oser prétendre, alors, qu'on ne voit aux déserts

Les tigres bondissant sur tigres dans les airs,

Était se condamner, chercher la raillerie,

Et vos discours rêveurs n'étaient que moquerie.

Ainsi de la concorde on étouffait les pleurs,

Disant que d'un autre âge éclataient les douleurs

Qui de l'humanité contristaient les apôtres.

La Chambre, cependant, votait des patenôtres,

Et quand il eût suffi d'un éclair de bon sens,

Vers cette idolâtrie on portait ses accens.

O temps infortunés ! époque de misère !

Où contre le péril on n'a que la prière.

Comme tout ici-bas doit avoir une fin,

L'humanité pleurant sonna l'heure au tocsin.

La force en ses excès, la fureur déchirée,

N'ont jamais plus trahi la justice éplorée

Qu'en ces jours de massacre où les doutes de foi

Viennent accompagnés d'un légitime effroi.

Le glaive s'abattait dans la moisson humaine

Pour faucher le coupable et l'innocence vaine.

Dans l'égout engorgé, sur le pavé gluant,

De gros ruisseaux roulaient tout gonflés par le sang;

La vase se formait d'amas de chair meurtrie,

Et la Seine coulait, pesamment ralentie

Par ses flots surchargés de corps tout pantelants,

Milliers de membres vifs, cadavres palpitants

De hideuse agonie, à qui la terre et l'onde

Refusaient un tombeau dans leur aspect immonde.

Le sol était jonché de ces débris humains

Dont l'épaisse récolte encombrait les chemins.

Spectacle indescriptible, inénarrable rage!

Tandis que dans le sang de tous côtés on nage,

Et que la mort avide enserre dans ses bras

Tout insensé qui vient se perdre sous ses pas,

L'air entier s'est rempli d'une épaisse fumée

Qui monte en tourbillons sur la ville allumée,

Et jaillit tout à coup, obscurcissant le ciel
D'un voile ensanglanté qui couvre le soleil.
Oh! l'affreux souvenir! oh! le spectacle infâme!
Là, sous un mur croulant, que le fer et la flamme
De leurs coups redoublés renversent en fracas,
Quatre cents malheureux vont trouver le trépas.
Comme un frêle roseau fauché par la tempête,
Chaque rempart s'abat sous la mitraille en fête;
Ici les criminels, ivres de passion,
Détruisent un palais, brûlent une maison;
Des vengeances aussi, redoutables mégères,
De nos femmes à nous se disant congénères,
S'élancent dans la nuit et bravent les canons.
Des soldats des enfers et des guerriers sans noms
Vont sans cesse, semant le meurtre et l'incendie,
S'avançant, sous le feu de la ville engourdie,
Ainsi que des démons qui marchent sans remords,
Sans crainte et sans pitié, dans le sang et les morts,
Comme des fous, enfin, du crime prosélytes,
Et que les habitants, nouveaux Amalécytes,
Contemplent, affolés comme un peuple maudi.

Il ne reste aujourd'hui du colosse hardi
Que des amas fumants, que fosses inconnues

D'où les flammes encor s'échappent vers les nues,
Qu'échoppes et palais en cendres confondus.
Sa gloire et son mépris sont à la fois perdus,
Et près du Louvre antique aux féroces pensées,
Son vieil hôtel de ville, arches carbonisées,
Étale sa grandeur en sévères débris ;
Et sur tout ce chaos que l'on nomme Paris,
Comme êtres en tourments on voit errer des ombres
Qui, de l'aube à la nuit, cherchent dans les décombres
La trace du passé ; ou tombent en pleurant
Auprès du sable humide où finit un mourant.

Cependant, dans cet air tout empesté d'ozone
Et qui de vivre encore à regret vous pardonne,
Où les derniers boulets ont laissé leurs sillons,
Illuminés encor de leurs derniers rayons,
Il est venu s'abattre une masse altérée
Que le mal du prochain a toujours attirée.
A côté des nababs les truands parvenus,
Les valets escortant des noblaillons mi-nus,
Les juges sans simarre auprès de leurs servantes,
Les aigrefins suspects venant voler des rentes,
Les princes qui se font convives des portiers,
Les filous évadés, compagnons des geôliers,

Arrivent à la suite, et les oiseaux de proie,
Sur une pourriture avec moins grande joie
Que ce vampire affreux doivent se culbuter.
Cela se meut, se heurte, avide à maltraiter,
N'étant rien, n'aimant rien, créature insipide,
Aux goûts désordonnés, à l'appétit putride,
Qui laisserait un pauvre expirer en chemin
Et marche avec orgueil près d'un riche assassin.
Allons, serfs affranchis arrachés à vos tables,
Brutes qu'on dut nourrir dans l'auge des étables,
Mendiants enivrés ; allons, peuples et rois
Accourez contempler votre maître aux abois !
Allons, les commensaux d'immondes gémonies
Venez vous disputer et vendre nos génies,
Venez jeter l'insulte au maître harassé,
Venez couper la griffe au lion terrassé !
Allons, sceptique Anglais ! allons, Russe sauvage !
Et vous les Allemands ! Cette dernière page
D'une histoire abhorrée a flatté votre cœur,
Car vous n'avez voulu que notre déshonneur.
Sur tous ces monuments aux façades noircies,
Le mot fraternité, par ses lettres durcies
Vous montre encor l'éclair d'un jour de liberté,
Mais vous ne craignez plus, je pense, sa clarté ;

Les ongles aiguisés de vos mains ennemies
N'ont point à redouter des flammes endormies.
Laissez votre allégresse acclamer nos douleurs.
Par vos cris et vos chants faites taire nos pleurs ;
Si nous sommes unis, si votre bienveillance
Peut nous faire rêver une vaste alliance,
Si vous pouvez enfin exalter vos vertus
Et nous montrer comment on plaint les abattus ;
Eh bien ! nous tenterons cette sublime chose
Qu'un de vous a promise à notre apothéose [1],
Et près de l'échafaud à l'entour du bûcher
Où l'ivresse à la fin vous fera trébucher,
Vous les porte-flambeaux de tant de saturnales,
Où vous avez repu vos fureurs infernales,
Nous rirons sans regrets de l'atroce plaisir ;
Mais si la haine un jour aide notre désir,
O triste humanité ! siècle de jalousie,
Où chaque heure nous pousse à la misanthropie !
Souviens-toi que les Dieux ont créé les tourments,
Pour éprouver l'amour dans les déchirements !

1. Un Américain, organisateur de fêtes, proposait aux curieux
de les conduire en France pour visiter les ruines de Paris, et
son programme indiquait d'une façon spéciale qu'on assisterait
a l'exécution des membres de la Commune.

Le passé, lourd fardeau, charge ta conscience !
Absorbant le venin de sourde patience,
Tu verras notre spectre heureux et courroucé
Retourner le poignard dans ton flanc transpercé.
Et si ton agonie arrache enfin tes larmes,
Tu penseras au jour où tu tournas tes armes
Contre nos seins à nous, contre notre pays
Qui toujours te combla, que toujours tu trahis.
Oui le temps détruira cette race maudite ;
Oui, nos fils brûleront la souche parasite
D'un peuple aventurier, proxénète enrichi,
Et le coup portera sur votre front blanchi,
Cloportes clignotants qui craignez la lumière
Rustres grossiers, encor trop vils pour la chaumière,
Bâtards au sot dédain, envieux myrmidons
Qui pour votre salut prenez là des leçons.

Paris, juin 1871.

AUTREFOIS.

A MADEMOISELLE A. C.

J'aimais, petits oiseaux, becquetant sur les baies,
Vous écouter longtemps, gazouillant dans les haies,
Et lorsque je rêvais sur le bord des ruisseaux,
Vous voir coquettement écarter la poussière,
Ou d'une voix plus tendre, et d'une aile plus fière
   Vous caresser dans les roseaux!

Et vous, jeunes chevreaux, bondissant aux prairies,
Que j'aimais à vous voir dans les ronces fleuries,
Brouter sur les ravins, quand le pâtre indolent
Laissait le fier taureau s'approcher des génisses
Et que la moribonde et les mères nourrices
   Les enviaient d'un regard lent!

Que j'aimais, laboureurs, à vous voir dans vos plaines
Sous le ciel embrasé dont les chaudes haleines
Caressaient vos bras nus, noyés dans les moissons,
Où vous faisiez tomber, ô travailleurs superbes,
De larges épis d'or que vous mettiez en gerbes
    Aux accords de mille chansons !

Que j'aimais à vous voir, robustes jeunes hommes,
Lutter sur les gazons où se roulaient les pommes,
Entendre résonner vos rires au pressoir,
Et vous contempler près des compagnes couchées,
Ou les suivant au loin, biches effarouchées
    Disputant le baiser du soir !

Que j'aimais à vous voir, charmantes fiancées,
Lorsqu'aux bras des amants vous passiez enlacées,
Quand on voyait trembler la honte à votre front,
Comme frémit la fleur sous le zéphyr qui frôle,
Et qu'un souffle d'amour effleurait votre épaule
    Dans vos folles danses en rond !

Maintenant dans la nuit pleine de sourdes plaintes
Des insensés en pleurs se sauvent avec craintes ;
Et le jour, sur la glèbe, on voit des malheureux

Effrayés, en trouvant, dessous leurs mains velues,
De la cervelle humaine au soc de leurs charrues
        Qui grincent des cris douloureux.

Maintenant sont flétris les buissons d'aubépines ;
Du sang épais et noir transsude des épines ;
Car le sol infécond de chair est engraissé
Et le matin, souvent, quand l'herbe est arrosée
Comme une perle humide au lieu de la rosée,
        On voit du sang violacé.

Maintenant les vieillards ont le crâne plus chauve
Et farouche, haineux, brille leur regard fauve ;
Et les jeunes n'ont plus que membres en lambeaux ;
Et couvertes de deuil on voit passer les vierges
Qui vont, sombres toujours, sanglotant sous les cierges
        Se prosterner sur les tombeaux.

Maintenant on peut voir, dans un espoir perfide,
Les mères contempler la chère place vide ;
Leurs bras ne savent plus que presser le malheur ;
De même que la nuit, les longues caravanes
Se perdent quelquefois au milieu des savanes,
        Elles errent dans la douleur.

C'est que la volonté de deux rois sanguinaires
Poussa sur le pays le meurtre et les tonnerres,
C'est qu'ils ont déchaîné, ces atroces guerriers,
La souffrance et la mort, le meurtre et l'incendie;
C'est qu'ils ont dispersé la cendre refroidie
     Des aïeux chargés de lauriers.

Ah! mon cœur se soulève à l'affreuse mémoire
Qui lui montre toujours glissant dans la nuit noire
L'ombre des scélérats qui poignardaient les saints;
Et ma muse, en courroux, oubliant le murmure,
Les parfums, la vertu dont l'haleine est si pure,
     Frappe alors sur les assassins.

Et je vois s'allumer nos courageuses âmes;
Car s'ils nous ont soumis à des hontes infâmes
Et s'ils ont pour un jour refermé le volcan,
Ils n'ont point aux enfers arraché leur engeance,
Ils n'ont point, ces bandits, étouffé la vengeance
     Qui va les clouer au carcan.

Paris, janvier 1872.

LA PROSTITUTION.

Homme, vois dans la couche arriver cette femme.
Tout son sein semble en feu, son cœur paraît en flamme,
La tendre volupté vient entr'ouvrir ses dents,
Et ses membres charnus ont des muscles ardents
Qui se tordent, crispés sous la longue étincelle
Du plaisir acharné qui brûle sa prunelle,
Soulève sa poitrine et fait bondir son corps.
On s'éloigne un instant pour l'admirer encor.
Elle est belle, vois-tu, comme un beau soir d'automne,
Comme un rayon de mai, comme Juillet qui tonne ;
Sa chevelure inonde un lit immaculé
Où l'amour en parfums vole tout désolé
De voir ces beaux regards langoureux d'insomnie
Contempler une image absente, mais bénie.

Sa lèvre frémissante avide de baiser
Nous paraît indomptable; on ne croit l'apaiser
Qu'en dévorant ce sein et de lis et de marbre,
Aussi vermeil qu'un fruit qui mûrit sur un arbre.
N'est-ce pas, elle est belle? Et ton œil se complaît
A tout ce corps d'albâtre et blanc comme le lait.
Elle est belle, dis-moi, cette noble statue
Qui souffle dans ton âme une ardeur qui la tue;
Et ton désir tressaille et ton front bouillonnant
Éclate sous l'effort de ton cerveau mouvant.
Combien à son aspect s'enivrent les tendresses!
Quel trésor de baisers! quelles riches caresses!
Qui verrait un cadavre en ce masque animé?
Qui croirait, ô douleur de notre esprit charmé!
Quand on la voit ainsi mollement étendue,
Que cette créature est inerte et vendue,
Que tant de honte couve, hélas! sous la beauté?
Cette fille souillée avant sa puberté
Répète chaque soir une ignoble grimace,
Lorsqu'un rayon d'amour à sa paupière lasse
Vient montrer, tout hideux, cet ignoble devoir
De ses sens, que l'argent ne peut même émouvoir.
Oui! ce corps admirable est plein de vilenie,
Cette déesse enfin nourrit l'ignominie

Et cet ange si noble aux charmes si puissants
Dans le coin d'une borne arrête les passants.

Ainsi des députés, des juges, des ministres,
Des prêtres, des soldats, des généraux sinistres,
Semblent avoir au cœur un trésor de vertus
Et ne sont que méchants sous le vice abattus.
Ces êtres de dégoût, parjures et profanes,
Se vendent volontiers comme des courtisanes.
On ne leur voit aussi d'effort que pour loucher ;
Comme une haquenée il les faut cravacher.
Ces indignes ont su baiser toutes les bouches.
Pour de l'or, ils viendront s'étendre dans les couches
De tous les scélérats. Apprenant à flatter,
A tromper, à séduire, ils savent apporter
Une étrange bassesse et se courbent sans honte
Pour baiser une main à payer toujours prompte.
Quand les filles au moins conservent la beauté
Au milieu des trafics de leur duplicité,
Eux, ils sont laids, hideux, nauséabonds, obscènes ;
Entraînant à leurs pas leurs ordures malsaines,
Et corrompus enfin du dernier au premier,
Leurs corps comme leurs cœurs ne sont que du fumier !

Paris, janvier 1872

SOUVENIR

Quelle sanglante nuit affreuse
Partout des cris d'agonisants !
Partout la mort avide creuse
La fosse d'êtres innocents !

On voyait s'ébranler dans l'ombre
Les canons, grondant sourdement,
Et, meurtri sous leur pas plus sombre,
Le sol résonnait lourdement.

On voyait passer dans l'orage
La trombe de cent escadrons,
Renversant tout sur leur passage,
Excités du bruit des clairons.

Mais le sublime sacrifice
De tous ces géants acharnés
N'écartait point le maléfice ;
Les soldats fuyaient consternés.

Et la flamme de l'incendie
Venant éclairer l'horizon,
Autour de la ville engourdie
Montrait des bandits sans raison.

Et l'on voyait passer les mères,
Serrant dans leurs bras les enfants,
Ainsi que d'avides chimères
Aux regards clairs et triomphants.

Comme des ombres dans l'espace,
On voyait passer les vieillards,
S'accrochant de leurs mains de glace
Jusqu'aux vêtements des fuyards !

Et les aïeules consternées,
Qui s'éloignaient à pas tremblants,
Pleuraient ainsi que des damnées
En secouant leurs cheveux blancs.

Et les oiseaux sous la ramure,
Et les fauves fuyaient au loin,
Car on voyait briller l'armure
Des maudits, qui, le sabre au poing,

Poursuivaient ces troupes humaines
Et s'y abattaient, triomphants,
Sur les vieillards aux froides veines,
Sur les femmes et les enfants.

Soudain de la foule arrachée,
(Comme remonte les courants
La pauvre biche effarouchée),
Une femme brisa nos rangs.

Et, retournant vers la bataille,
En proie aux sinistres remords,
Sa voix, dominant la mitraille,
Émue à déchirer les morts,

Elle appelait, pleine de crainte :
« A moi ! ma fille ! mon enfant ! »
Rien ne répondait à sa plainte,
Rien que nos sanglots s'étouffant !

Et le tonnerre de l'orage
Augmentait son lugubre son,
Et les bandits remplis de rage
Apparaissaient à l'horizon.

La pauvre mère, encore en doute,
Courait, courait en répétant,
Ainsi qu'une ombre sur la route :
« Ma fille ! c'est moi ! mon enfant ! »

Mais soudain s'abattit la foudre
Sur les blessés, tendant les mains,
Et l'on vit rouler dans la poudrè
Des milliers de débris humains.

Pourtant, lorsque passa la trombe,
Quand l'ouragan fut abattu,
On entendait dans l'hécatombe :
« Mon enfant ! ma fille ! viens-tu ! »

Les Quayres, novembre 1871.

CHATEAUDUN. — ANATHÈME.

A G. ISAMBERT.

A LA JEUNESSE DE MA VILLE NATALE.

Sous des cieux déchirés de nuages sanglants,
Le soleil éclairait de rayons pâlissants.
C'était vers le midi de brumeuse journée,
A l'heure où la famille à l'âtre est retournée,
A l'heure où, désireux de doux épanchements,
On laisse dans l'oubli la peine et les tourments;
Où l'enfant rit, joyeux, sur les genoux du père,
Et que des chants du fils se réjouit la mère.
Le travailleur goûtait du repos le loisir;
Les jeunes à regret avaient tu leur désir
Aux vieilles en effroi qui filaient leurs quenouilles,
Écoutant tristement le pas lourd des patrouilles.

Mais rien n'avait troublé nos paisibles foyers ;
Ne les prévoyant pas, on riait des dangers,
Car chacun conservait la foi dans son courage.
On ne pouvait penser qu'une insensible rage
Pousserait l'Allemand à se ruer un jour
Sur tous ces innocents que longue soif d'amour
Rattachait à la source où se puisa leur vie,
Sur des êtres de paix qu'une maligne envie
Ne fit point s'élancer hors du bien triomphant,
Sur la couche où gémit, tout dénudé, l'enfant,
Sur le vieillard qui tremble en ses séniles craintes,
Sur la mère à genoux, sur des femmes enceintes.
Hélas! on se croyait en temps d'humanité,
Et l'on gardait l'espoir, ô triste inanité!
Qu'un féroce vainqueur s'apaiserait, sans doute,
A l'aspect d'une ville où mène toute route.
Candides, qui croyez que les temps sont changés,
Qu'on méprise aujourd'hui les outrages vengés,
En luttant pour le droit, la vertu, la justice,
Et que la cruauté, n'ayant plus d'avarice,
Chassant le misérable et l'égorgeur de nuit
Qui rampe comme un tigre en silence et sans bruit,
En frappant le coupable, épargne l'infortune.
Vous pensiez, innocents que la guerre importune,

A cet antique honneur qui germe en notre sang,
Et mettiez les bandits à ce trop noble rang.
Les seuils abandonnés de vos portes désertes
Donnaient accès à tous en vos maisons ouvertes,
Car le calme, en ces lieux, n'était jamais troublé.
L'âme y était heureuse, et l'orgueil envolé
Des fronts où, sans abri, l'enchaînait l'opulence,
Ne vint point l'agiter dans son heureux silence.
Vos paupières, le soir, se fermaient sans tourments,
Et vous ne songiez point à tous ces ossements,
A ces mânes couchés aux champs de la discorde,
Car l'honnête repos et l'aimable concorde
Laissaient vos prés en fleurs et vos moissons en fruits.
Murmures du bocage, amour des douces nuits,
Reviendrez-vous encor gonfler notre bannière ?

Mais voyez ces coursiers fumants dans la poussière,
Ces messagers suivis de monstres en fureur,
Ces soldats égarés par la rage et l'horreur,
Et ces chefs résolus, et ces apprêts de guerre,
Qui sèment la panique et font trembler la terre ?
Entendez-vous encor ce cri retentissant
Qui dit que l'heure est près et le danger pressant ?
C'est le veilleur perdu, c'est l'humble sentinelle

Qui meurt, pour accomplir son œuvre maternelle !
Et là-bas, tout au loin, dans l'horizon noirci,
S'étendant comme un trait, ce nuage obscurci ?
C'est le brigand qui vient bondir sur sa victime,
L'assassin accouru pour perpétrer son crime !
C'est le brave Teuton, chevalier généreux,
Qui vient, de la victoire en vaillant et en preux,
Conquérir les lauriers aux couronnes jalouses
Et massacrer vos fils, vos sœurs et vos épouses.
Le voilà, glorieux contre un bras enchaîné,
Meurtrissant votre cœur de son pied acharné !
Le voilà, l'œil en feu, lui brute déguisée,
Il a soif, il a faim, sa dent est aiguisée !

Silence ! Voyez-vous s'élancer dans les airs
Ces lueurs rayonnant sur vos chemins déserts ?
Silence ! Entendez-vous ce sifflement étrange,
Qui fait trembler d'effroi le suaire et le lange ?
C'est le soldat du bagne, échappé des prisons,
Depuis longtemps habile à brûler les maisons ;
C'est le strident appel jeté par la mitraille
A la mort qui languit et de plaisir tressaille !
C'est l'invincible troupe à l'effort tout-puissant
Qui vient pour s'enivrer à boire notre sang.

Ah! votre guet fut long, indomptables sicaires,
Vous êtes affamés d'appétits sanguinaires;
Eh bien! nous sommes prêts à nous faire achever,
Hurrah! Approchez donc! On veut vous abreuver!

Allons, homme, debout! Au lâche de s'abattre!
Femme, un dernier baiser, ton mari va combattre!
Enfant, ne pleure pas; ton père va périr,
Apprends, pour le venger, comment il faut mourir.

Douze heures ont coulé; mais on poursuit la lutte
Pas à pas, corps à corps. Auprès de chaque hutte
S'amoncellent les morts dans le sang entassés;
Mais rien n'a pu fléchir ces hommes harassés,
Qui, pâles et défaits, sortent de la poussière,
Se relèvent toujours, dressant leur tête fière,
Et de cadavres même élevant des remparts,
Lancent au dépourvu tous ces membres épars.
Le fer ne peut briser ni dompter leur courage;
Ils accourent en masse, ivres et fous de rage,
Et, trouvant dans la chair, armes et boucliers,
Écrasent ces maudits, en terribles béliers.
On les voit parcourir les épaisses ténèbres,
Ne s'arrêtant jamais dans leurs œuvres funèbres,

Dépister l'ennemi, qui tombe rugissant
Sans pouvoir opposer un effort languissant.
Leur regard est de feu ; leur bras devient massue,
Et partout où il frappe, il abat, broie et tue.
Comme une grêle épaisse, il ne pleut que boulets
Dont le tonnerre, alors, est mêlé des hoquets
Des malheureux atteints par la mort aveuglée,
Qui, ne choisissant plus dans la nuit déréglée,
Sur le sein de la mère abat le nourrisson
Et le frère étanchant sa sœur sous le buisson.

Tant de sang répandu rend la marche glissante ;
Pourtant, on a chassé la horde envahissante,
De partout on la voit s'abattre sans honneur,
Ainsi que les épis coupés du moissonneur,
Mais elle vient, hélas ! plus ferme et plus pressée !
Des brèches ont ouvert la masse hérissée ;
Mais du sol ont surgi de nouveaux bataillons !
Qu'importe ? Il est plus grand, tout ce peuple en haillons,
Que ces soudards vendus, stupide soldatesque !
Il n'est point acheté pour sa foi gigantesque !
Mais il a dans le cœur ce feu qu'on n'éteint pas,
Qui déchire les monts et dompte le trépas,
Et son sein généreux ne porte point cuirasse,

Car il ne cache pas du déshonneur la crasse.
Allons! l'épée au poing, marchez, simples héros!
La mort pour la patrie est un noble repos!
Et les géants frappés aux saintes hécatombes
Sont par la gloire, après, consolés dans leurs tombes.
Que vous font ces éclairs qui brillent dans la nuit?
C'est la ville qui brûle et la flamme qui fuit,
Portant vers d'autres lieux le jour et la lumière,
Holocauste fumant qui pousse la prière
Du sacrifice saint jusqu'aux cieux étonnés.
Que vous font cet affreux sabbat et ces damnés?
Mieux vaut le toit en feu, la terre dépouillée,
Que du pied allemand la demeure souillée!
Que vous font ces fusils, ces torches, ces canons?
C'est, après le combat, la danse des démons.
Allez!

Quand votre veine aride et desséchée
Et se tordant enfin, par la flamme léchée,
Aura laissé vos bras inertes et meurtris,
L'envie aura jailli dans tous les cœurs flétris,
Et le feu plein d'ardeur de vos cendres sacrées
Brûlera dans le sein des âmes épurées.

Et dans la nuit toujours poursuivant le combat,

Chacun pour succomber lutte quand on l'abat,
Et le dernier d'entre eux se redressait encore
Lorsque sur le cratère apparaissait l'aurore.

Ah ! ce fut un beau jour, indigne d'un Germain,
Où Châteaudun grava, dans le livre d'airain,
Et sanglant et profond son nom sorti de l'ombre.

.   .   .   .

Ah ! vous avez voulu connaître notre nombre !
Eh bien ! nous étions deux lorsque vous étiez vingt !
Et, stupéfaits, vos chefs disaient, le lendemain,
Que trois mille de vous, après cette victoire,
Descendaient en enfer chanter notre mémoire.
Vous êtes assassins, mais nous sommes soldats !
Un homme écraserait un cent de scélérats !

De crêpe ceignons-nous au jour anniversaire
Où vint nous insulter un si lâche adversaire,
Humbles et prosternés aux tombes des absents,
Renouvelons encor nos vœux et nos serments,
Et que les orphelins viennent avec les veuves
Toucher avec amour ces traces encor neuves ;
Que l'affreux souvenir, dans tous nos cœurs blessés,
Nous rende ambitieux du sort des trépassés.

Votre sang, citoyens, a fait grandir ces herbes ;
Mais le devoir vous fait, dans la douleur, superbes ;
On ne doit point ici pleurer d'un œil hagard.
Tous ces morts sont des saints. Levez votre regard
Et voyez devant vous votre gloire immortelle !
Que notre râle, enfin, fasse race nouvelle !
Élevons nos enfants dans l'unique souci
D'aller montrer là bas comment on lutte ici.
Rallumons nos brasiers, accumulons les armes ;
Le moment est passé de répandre des larmes.
Il faut que cette terre aux tristes régions
Se montre encore un jour fertile en légions,
Qui du pays debout emportant l'oriflamme,
Nous embraseront tous par leur ardente flamme,
Lorsque, devant nos coups, les soldats criminels
S'enfuiront sans pardon dans les lieux éternels ;
Lorsqu'aura résonné l'heure de délivrance
Et qu'on verra briller le glaive de la France.

Anatheme surtout et malédiction
Sur ceux qui, dévorés de vaine ambition,
Ont livré nos foyers aux barbares Vandales ;
Car la mort, par dégoût, n'a point scellé les dalles

Sur tous ces criminels, ces bourreaux égorgeurs
Qui, prudents aujourd'hui, s'éloignent des douleurs.

Anathème aux bandits, aux monstres de galères,
Écrasant sans merci des hommes sans colères;
Le pilori se dresse en face de leurs fils;
C'est pour ces gueux vautrés que l'échafaud se fit;
Que leur chair soit aux chiens partagée en pâture,
Que la foudre extermine en leur progéniture
Ce qu'il y a de vil, de bassement cruel.
Le droit ne fut pour eux qu'un pouvoir virtuel,
Et Satan ici-bas leur donna son message.
Anathème sur eux! Effacez leur passage!
Pour eux, point de sommeil! Entraînez au bûcher
Tous ces hideux linceuls refusés du nocher!
Qu'on les foule à ses pieds, serpillières gluantes!
Mettez sur le carcan leurs dépouilles puantes!
Arrachez de partout leurs restes des tombeaux
Et jetez-les aux vents, aux fauves, aux corbeaux!
Ce sol immaculé ne veut point de souillures,
Il serait empesté de l'air des pourritures;
Nos morts à leurs côtés ne pourraient s'endormir,
Vous les entendriez blasphémer et gémir.

Au charnier les maudits, leurs corps à la tuerie !
Pour tombe le ruisseau, la vase et la voîrie !

J'ai honte d'être humain depuis que l'Allemand
A pu se déchaîner sans crainte et sans tourment !
Anathème sur vous, races dégénérées !
Anathème sur vous, nations ulcérées !
Anathème sur vous, affreux tigres humains
Qui, de sang enivrés, tombez sur les chemins !

Les Quayres, octobre 1871.

UN FANTOME.

Peuples, armez vos bras, retrouvez votre ardeur,
Brandissez vos fusils comme aux jours de fureur ;
Du soldat vigilant, sévère sentinelle
Que ne languisse pas l'inquiète prunelle ;
Vous, moines, répandez l'eau bénite aux autels,
Entourez vos parvis de cent glaives mortels ;
Femmes, purifiez dans cet air qui·s'effondre
Sous le poids du fléau qui menace de fondre ;
Ouvrier, ton marteau ; vos fourches, paysans ;
Ta fronde, montagnard, entre tes doigts puissants ;
Enfants que votre dent s'aiguise et qu'elle écorche,
Il est venu le jour de rallumer la torche ;
Veillez, veillez partout, redoublez de soucis,
Car l'orage paraît dans les cieux obscurcis.

— Mais, pourquoi, dira-t-on ce surcroît sanitaire?
Dieu nous enverrait- il un Jésus-Christ faussaire?
Le sol en s'affaissant sous son honteux fardeau
Voudrait-il nous creuser à chacun un tombeau?
Est-ce la peste, ou bien Vésuve qui soupire?
Non, non, pis que cela : Bonaparte conspire!

Voyez ce spectre affreux qui surgit tout sanglant,
Vampire décharné, livide et pantelant;
Cadavre qui ruisselle et de pus et de fange,
C'est lui, l'élu des Dieux, l'illuminé, l'archange,
L'oiseau de cruauté qui gloussait avec bruit,
Le divin meurtrier surgissant dans la nuit,
Qui se vit arracher la céleste couronne
Et croupit maintenant dans les égouts du trône.
Voyez-vous ces agents de déprédations,
Qui rapportent le fruit des malversations,
Ces apôtres du vice et ces prostituées
Qui de son souffle seul ont été polluées?
Entendez-vous ce bruit de chaînes, de jurons
Et les cris des escrocs, des forçats, des larrons?
Voyez-vous ces bourreaux aux traits patibulaires,
Escorte s'érigeant en gardes tutélaires,
Ces valets aux regards ensanglantés et faux

Qui laissent sous leurs pieds le sang des échafauds ;
Et là-bas, au lointain, fuyant le sacrilége,
De victimes aussi l'innombrable cortége,
Ces gibets suspendus sur le sommet des tours,
Ces cadavres hideux que creusent les vautours,
Toutes ces mains frappant aux portes verrouillées,
Des braves succombés les veuves dépouillées,
Ces bras couverts de sang qui menacent sans corps
Et ces troncs mutilés qui se dressent encor,
Des innocents punis les femmes éplorées,
Ces enfants orphelins, ces vierges déflorées,
Et des filles en pleurs, et des mères en deuil ;
Et dessus ce chaos voyez-vous, plein d'orgueil,
Ce poussah monstrueux vêtu de ses guenilles,
Cet homme solennel, ce suborneur de filles,
Ce manant gentillâtre, à l'air triomphateur,
Qui quête le regard d'un vil admirateur ;
Moins homme que bandit, moins humain qu'une fauve
Et que de Lucifer a vu naître l'alcôve ;
Qui repousse le juste et rit aux argousins,
Se moque de l'honneur et court aux assassins ;
Qui se traîne partout dans les lois et la règle
Ainsi qu'un sanglier se vautrant dans un seigle ;
Dont le char en entier disparaît dans le sang

Et qui d'un être aucun n'a conservé le rang,
C'est lui. — Lui, le maudit, le parjure, le traître,
De tous les scélérats et le chef et le maître,
A qui les cris de mort apportent le plaisir,
Qui de peupler Cayenne a conçu le désir,
Car dans tous ces climats où brilla sa couronne
Depuis vingt ans bientôt on a dressé son trône.
Les vers sortent de terre et nous ont ramené
Ce cadavre malsain pour eux trop gangrené;
Ils l'apportent vers nous et sa chair purulente
Remplit le monde entier de peste virulente.
Arrière, arrière! Anglais! Gardez votre fléau,
Vous êtes assouplis du reste à ce fardeau;
L'aïeul fut prisonnier et le neveu votre hôte,
Et vous le goûtez trop ce bien pour qu'on vous l'ôte.
Arrière, criminels qui prêtez le concours
Aux vœux du forcené qui demande secours.
Hélas! serait-il vrai que des âmes vénales
Ont encore acclamé ses fureurs infernales?
Cet homme a donc assez mis sa boue à nos fronts
Pour que nous supportions de semblables affronts;
Nous sommes donc assez salis de sa souillure
Pour attacher la France à cette créature;
Et quand depuis un an nous vivons sans venin

Nous allons aujourd'hui réclamer l'assassin !
Des juges oseraient l'acquitter et l'absoudre !
On voudrait protéger son front contre la foudre !
Quand son aigle en détresse ose à peine trembler,
Au juste enchaînement on voudrait le voler !
Les vallons de Sedan fument, hurlent encore
Et l'on nous dit d'aimer cet homme qu'on abhorre !
Lorsque notre ennemi grimace à nos foyers,
Quand le soufflet encor nous courbe sous leurs pieds,
Quand vivent les corbeaux aux champs de la bataille,
Quand on entend encor résonner la mitraille,
Quand l'histoire en courroux dresse ses piloris
Et que d'opprobre enfin éclatent tant de cris,
Il s'est trouvé des gens assez bas, assez lâches,
Qui pour le proclamer se sont tracé des tâches,
Une tourbe qui veut à son profit s'armer,
Des écrivains vendus pour cesser de blâmer.

Allons, laquais, allons restez à l'officine ;
Ne vous élevez point par-dessus la piscine ;
Vous avez peine à vous couvrir de vos haillons,
Au lieu de la tribune il vous faut des bâillons !
D'un empereur déchu restez les mandataires,
D'un tyran mécontent soyez les caudataires,

Prenez dans vos États pour valet le bourreau
Pour trône l'échafaud, pour sceptre le couteau.
Bien; mais n'épanchez pas au dehors votre bave,
Le peuple n'aime pas votre fétide lave;
De grâce ne venez l'exciter aujourd'hui,
Car vous savez comment il chasse votre ennui.
Quand il est obsédé par votre abjecte honte,
Son flot sans s'arrêter jusqu'à vos faîtes monte;
Et le jour où l'on veut vous chasser des palais
On laisse les canons, il suffit de balais.

Les Quayres, novembre 1871.

LES NUITS DE MAI.

A MADAME ACH. GLEIZES.

L'effroi régnait partout, la colère, la rage,
Le massacre en fureur et le feu, le carnage
S'unissant en ce jour de sinistre amitié
S'acharnaient dans ces murs sans crainte et sans pitié !

C'était pendant la nuit, et la lune naissante
Luttait contre un brasier de flamme jaillissante.
La fournaise brûlant jusqu'au cœur de Paris
Dévorait sans mesure et nobles et flétris,
Et de son feu vomi par un cent de cratères
Abattait les prisons et les demeures austères.
Tous fuyaient : égarés, sans but et sans dessein,

Même sans vêtement, emportant sur leur sein
Un dernier souvenir, la richesse suprême
Que sauve l'exilé dans tout péril extrême ;
Et, plein de désespoir, abandonnant ce lieu,
On disait à jamais un éternel adieu.
Le sang était partout, la rue en était pleine ;
Et ceux qui s'échappaient sans force et sans haleine
Arrêtaient leurs efforts devant ces lacs sanglants
Où l'on voyait flotter, encore pantelants,
Les cadavres meurtris avecque perfidie,
Où l'atroce lueur de l'ardent incendie
Reflétait ses rayons qui menaçaient les cieux.
Du sang, toujours du sang ; dans ces temps odieux
La mort était avare, et vivre était un crime ;
Et chaque homme debout était une victime.

Tout fuyait ; et, semblant trouver là son réveil,
Accourait vers ce sang une ombre sans sommeil.
Tout fuyait ; et pourtant une femme éplorée
Parcourait à grands pas la route déchirée.
Elle allait vers le bruit, vers le feu, vers la mort,
Comme si, le cœur plein de sinistre remord,
L'âme trop ulcérée et lasse de la vie,
Elle avait de ce monde abandonné l'envie.

Elle allait, l'œil hagard et les cheveux flottants,
Sans crainte du danger que ses pas haletants
Par chaque effort nouveau venaient rapprocher d'elle.
Autrefois on eût dit cette femme cruelle,
Car un petit enfant qu'elle avait à la main
Souffrait de cette marche en l'essayant en vain.
Il s'efforçait pourtant, le pauvre petit être ;
Et bien qu'il s'affaissât plus faible à chaque mètre
On l'aurait vu roidir tous ses nerfs amaigris
Pour suivre sa compagne et franchir les débris.
La mère assurément était barbare ou folle,
Car elle l'entraînait sans plainte et sans parole.
Elle allait, arrêtant son pas précipité
Lorsqu'auprès d'un cadavre elle l'avait heurté.
Alors dans le combat, sous le feu, la mitraille
Qui souvent sur ses pieds renversait la muraille,
Elle entraînait soudain ce corps qui se courbait
Jusqu'auprès d'un endroit où la lueur tombait;
Et là, pleine d'amour, elle osait, soin étrange,
De ce visage affreux arracher le mélange
Et de boue et de sang qui le défigurait.
Quand elle avait enfin découvert chaque trait,
Elle cherchait encor dans cette chair meurtrie
Où toute ressemblance était fausse et flétrie ;

Son regard qui brillait sous son œil emflammé
S'attachait un long temps au crâne déformé
Et puis avec dépit elle jetait à terre
Presque sans amitié, mais aussi sans colére,
Ce cadavre maudit qui, grimaçant la peur,
Avait pour un instant, ô mirage trompeur,
Fait hésiter son sein bondissant d'espérance ;
Et seul, un long soupir, apprenait sa souffrance.
Et reprenant son pas de vertige et d'horreur,
Dans ces amas fumants pleins de cris de terreur,
Elle allait. Et plus loin, moins craintive et plus sombre,
On la voyait encor se prosterner dans l'ombre,
Et l'enfant la suivait sans qu'un mot entre eux deux
S'échangeât par hasard pour maudire ces feux
Dont les gerbes couvaient, ou vomissaient la foudre,
Ces éclairs en furie attisés par la poudre,
Ces balles, ces boulets, ces agents de la mort
Qui venaient à leurs pieds terminer leur effort.

Auprès de la Concorde étaient des barricades.
La malheureuse vit sous les sombres arcades
Un long rang de ces morts dans le sang alignés
Comme pour le combat. Les vainqueurs indignés
Les avaient cependant abattus avec ordre ;

Compagnons d'agonie ils étaient venus mordre
La poussière, en tombant sous les coups, tour à tour.
On avait en ce lieu massacré tout le jour ;
Et le charnier montait, ô volupté damnée !
Presque jusqu'aux genoux de cette infortunée.
On aurait pensé voir ce cachot des enfers
Où Pluton insulté jette les morts aux fers.

Comme un aigle acharné qui fond sur une proie,
Comme un tigre en fureur qui bondit sur la voie,
Cette femme aussitôt vint se précipiter
Sur cet amas affreux, et, sans plus hésiter,
Elle plongea ses mains dans l'horrible mêlée,
Arrachant un cadavre à face mutilée ;
Puis elle déchira cet horrible caillot
Qui déguisait son front comme sous un maillot ;
Et belle en son ardeur, sans cesser sa recherche,
Elle dit d'un ton rauque à son pauvre enfant : « Cherche. »

Ils cherchèrent longtemps ces hardis travailleurs.
La besogne était rude en ce jour de malheurs.
Le soleil, en naissant, par ses lueurs trop lentes
N'éclairait point la nuit de ces ombres sanglantes.
Les cadavres nombreux l'un sur l'autre entassés

Parfois avaient, hélas! écrasé des blessés,
Qui se plaignaient encore et gémissaient leurs peines.
Espérance frivole aux illusions vaines!
La femme n'avait point un semblable devoir,
Secourir n'était pas sa tâche et son pouvoir,
Elle cherchait. Ces cris la laissaient morne et froide.
Tout à coup elle prit dans une main plus roide
Un anneau qui restait entre des doigts coupés.
Puis elle tressaillit et de ses bras crispés
Arrachant le cadavre enserré dans la masse
Où lugubre et béante il dessina sa trace,
Elle augmenta d'efforts pour l'amener au jour
Et l'admirer longtemps dans un pénible amour.
Le malheureux avait de profondes blessures,
Son front était percé de larges ouvertures
Dont chaque lèvre avide, en s'agitant encor,
Semblait la bouche affreuse et vive de la mort;
Et son visage en sang n'avait plus face humaine.
L'épouse le tenait sur sa poitrine pleine
De sanglots étouffés, qui grondaient sourdement,
Et, le serrant contre elle avec acharnement,
Répétait : « C'est bien lui! Quand je baise sa lèvre,
Il tremble, et l'on dirait que l'agite la fièvre.
Comme il a dû souffrir! Comme ils l'ont torturé!

Pour moi seule il n'est point, hélas! défiguré.
C'est bien lui! C'est l'anneau de notre mariage!
Voilà sept ans bientôt que je bénis cet âge! »
Et, se baissant vers lui, elle embrassait encor
Et sa bouche muette, et sa main, et son corps.
Elle mêlait ses pleurs à ses tendres étreintes,
Comme au pied de la croix on vit pleurer les saintes;
Comme s'il entendait, pour son fils l'implorait;
Mais l'enfant avait peur de son père : il pleurait!

Vers le même moment passait une patrouille
Qui, voyant près des morts une masse qui grouille,
Approche, dans la peur que l'un des condamnés
Se relève de coups dans la nuit mal donnés.
Au désolant aspect des martyrs tout en larmes,
On ne veut point d'abord utiliser les armes.
Un reste de pitié fait hésiter l'un d'eux
Qui vient pour éloigner les pauvres malheureux;
A peine avaient ils vu que d'autres créatures
Passaient avec lenteur sous ces voûtes obscures!
« Femme, retirez-vous, appelle le soldat;
Cet homme est un bandit, un traître, un scélérat. »
Mais elle, brusquement, se redressait terrible,
Repoussant son contact, et, d'un bond presque horrible,

Tombait sur ses genoux près de ce corps meurtri,
Les bravant du regard : « Cet homme est mon mari,
Lâches ! Tuez-nous donc, si nous sommes coupables ! »
A peine elle achevait ces accents pitoyables,
Que vingt fusils sur elle abaissés à la fois
L'étendaient sur le sol sans forces et sans voix,
Et l'enfant qui criait : « Ils vont tuer ma mère ! »
D'une balle égarée et pourtant meurtrière,
Tombait aussi, frappé sur le sein maternel.
Ils dormaient tous les trois du sommeil éternel !

Il était beau, pourtant, ce petit, blanc et rose !
Il semblait de ce mois la fleur à peine éclose.
Comme pour aspirer, sa bouche s'entr'ouvrait,
Ainsi qu'une corolle, au jour, qui s'ouvrirait,
Et quand, sur le trottoir, sa chevelure blonde,
Comme l'épi doré d'une moisson féconde,
Brillait de cent reflets, et que, dans son sommeil,
Ses yeux semblaient encor s'élancer vers le ciel
Dans un dernier espoir, on disait : Le bel ange,
Qui d'Éden, endormi, vint tomber dans la fange.

. . . .

Solennelle justice, intègres châtiments,

Qui portez haut le glaive acharné des tourments
Pour frapper les mauvais! En vos noms que de crimes,
Et que de honte aussi sous vos arrêts sublimes!

Paris, janvier 1872.

A VICTOR HUGO.

Maître, lorsque, voguant sur l'océan des mondes,
Tu voyais les requins acharnés dans tes ondes,
Et que par leur effort, le flot plein de tourment
Poussait ainsi ta barque au haut du firmament,
Tu pouvais d'un regard foudroyer leur envie ;
Tu pouvais commander à leur masse ravie,
Qui sentait excités ses appétits sanglants,
D'apaiser aussitôt ses désirs insolents ;
Tu pouvais d'un seul mot plonger dans les abîmes
Ces êtres altérés et ces monstres infimes,
Et, loin de leur ardeur pleine d'atrocité,
T'élancer plus avant dans ton immensité ;
Sous ta foudre écrasés, ces bourreaux que la rage
Animait, par milliers succombaient au naufrage ;

Et tu pouvais enfin exciter leur effroi
En te dépouillant là de ta pourpre de roi,
En jeter les lambeaux à leur foule vorace,
Et, méprisant alors les cris de cette race,
D'homme que tu t'es fait redevenir un dieu.
Mais la vertu ne peut, en passant dans ce lieu
De crime et de fléaux qu'on appelle le monde,
Craindre des vils humains une souillure immonde ;
Et l'ange qui descend un jour dans ces bas-fonds
N'a rien que des ennuis et des dégoûts profonds,
Et l'aspect repoussant de ces êtres d'injure
A sa tendre bonté ne le fait point parjure,
Car la terre n'est pas digne de son courroux.
Il fuit ces lieux malsains et ces regards jaloux
Et remonte là-haut en secouant ses ailes,
Qui paraissent ainsi plus pures et plus belles.

Hélas ! à ton oreille où tant de sons divers
Luttent pour la charmer dans leurs sacrés concerts,
Ma voix ne donne que d'étranges mélodies ;
Mais le cœur a le feu des lèvres refroidies ;
Mais sous le lourd rocher l'eau jaillit vers le ciel,
Mais la rose et l'ivraie adorent le soleil ;
L'amour de toutes deux fait tressaillir les fibres,

Car elles ont la foi, ce bien des âmes libres,
Et l'âme sans essor, jalouse de pouvoir,
Sait pourtant ressentir quand elle ose savoir.
C'est ainsi qu'à tes pieds j'apporte ma prière !

Les peuples de nos jours craignent trop la lumière,
Ils ont dans ton génie un invincible éclat
Qui détourne leurs yeux de leur sanglant combat ;
Tes rayons à frapper ont une ardeur trop prompte ;
Ta lueur ici-bas éclaire trop de honte ;
Maître ! Retourne donc dans l'Olympe, où les dieux
Regrettent de t'avoir laissé quitter les cieux.

Paris, janvier 1872.

LE 28 JANVIER.

Du jour où Paris fut livré,
Ainsi qu'une vierge, au corsaire,
Voilà le triste anniversaire,
Par nous à jamais abhorré ;

Du jour où, buvant le poison
Qui devait apaiser nos haines,
Nous doutions encore des chaînes
Que préparait la trahison ;

Du jour où, par ceux qui mentaient
Pour nous livrer à l'esclavage,
Fut accru l'appétit sauvage
Des bourreaux qui nous achetaient;

Du jour où le monde engourdi,
Plongé dans sa torpeur affreuse,
Laissa, dans sa crainte haineuse,
Perpétrer cet acte maudi.

Ainsi, nous n'avons point rêvé,
Et ce traité d'ignominie,
Tout empesté de vilenie,
Est bien un scandale arrivé.

On a discuté ta valeur,
O ville chaste et formidable !
Ainsi qu'on vend la misérable
Que poursuit partout le malheur.

On a découvert ton sein nu,
On a dénoué ta ceinture ;
Et ton corps sans maculature
Fut sans voile longtemps tenu,

Devant ces marchands éblouis
Caressant tes mains achetées,
Les prunelles tout injectées,
Pleines de désirs inouïs.

Et ta vigueur les a ravis,
Et, par des paroles étranges,
Ils ont décerné des louanges
A tes efforts non asservis.

On n'a point écouté tes pleurs,
Et, comme on craignait ton courage
Et tous les transports de ta rage,
On a détourné tes douleurs.

On a débattu ta rançon
Auprès des morts dans la souillure,
Sur tes enfants sans sépulture
Qui serraient encor le tronçon

De ce glaive majestueux,
Que le sort, dans ta main bénie,
Mit pour défendre le génie
Sortant de la nuit, radieux.

Et ces nains jaloux, envieux,
Ensanglantés par la bataille,
Voulurent abaisser ta taille
Jusqu'à leur modèle odieux.

Puis on a dressé le festin
Sur tes drapeaux, tes oriflammes,
Concluant les marchés infâmes
En s'enivrant jusqu'au matin.

Le vin n'a pu les apaiser,
Et c'est la lèvre encor rougie
Et repoussante par l'orgie
Qu'ils ont demandé ton baiser.

Ils sont venus, ces Allemands,
La main humide de carnage,
Sur ton corps apporter l'outrage,
Croyant avoir tes agréments.

En contemplant ton sein de lis,
Ils n'ont point voulu reconnaître
Qu'ils n'avaient, ainsi que leur maître,
Qu'à se tenir cois sous ton lit.

Leur cœur, insensible à l'affront,
A voulu battre dans ta couche ;
L'insulte que crachait ta bouche
Vint pourtant les flétrir au front.

Mais qu'importait à ces soudards
Un tel mépris dans ta colère?
Ne gagnaient-ils pas leur salaire
En déchirant tes étendards?

C'est un bien affreux souvenir
De songer qu'aujourd'hui nous sommes
Dans l'air empesté de ces hommes
Dont l'échafaud est l'avenir.

Puisque, sous vos pas inhumains,
Les cieux n'ont point creusé d'abîmes;
Puisque, pour éclairer vos crimes,
Le soleil s'est levé, Germains;

Vous, les chefs des peuples ingrats;
Célébrez donc votre victoire,
Et restez inscrits dans l'histoire
Pour l'orgueil des plus scélérats.

Nous donnons un nouvel encèns
Pour vos sacrifices de joie,
Et vous revenez sur la voie
Plus excités par nos accents.

Car vos voix trouvent un appui
Pour ce que vous avez dû taire,
Et ce que vous n'avez pu faire,
On veut l'achever aujourd'hui.

Car la ville au peuple guerrier,
Qui se montrait resplendissante
Et se redressa frémissante
En ceignant l'armure d'acier ;

Celle que, craignant d'approcher,
Chacun de vous veillait dans l'ombre,
Comme un assassin faux et sombre,
Toujours habile à se cacher ;

Celle dont vous vîtes, marauds,
Surgir les vivantes murailles ;
Celle dont toujours les entrailles
Purent enfanter des héros ;

Celle qui vint comme un volcan
S'étendre jusqu'à vos retraites,
Et dont les flammes toujours prêtes
Vous effrayaient dans chaque camp ;

Celle qui supporta la faim,
Celle qui dédaignait la vie
Et du malheur semblait ravie,
Celle qu'on a vendue, enfin ;

Celle qu'on tenta de briser,
Mais qu'on ne vit jamais se plaindre,
On veut aujourd'hui la contraindre
Et la décapitaliser !

Paris, janvier 1872.

LA LIBÉRATION DU TERRITOIRE.

A MON AMI ACHILLE GLEIZES.

D'où naît donc aujourd'hui la fièvre qui m'allume,
Et pourquoi dans ma main sens-je trembler la plume?
D'où vient que, dans la nuit, j'entrevois le soleil,
Éclairant notre peuple arraché du sommeil?
C'est que je sens, ami, cette flamme sacrée
Qui te pousse à flétrir cette race abhorrée,
Dont le contact impur a fait bondir ton cœur;
C'est que je hais aussi le féroce vainqueur;
C'est que j'entends encor sonner à mes oreilles,
Ainsi qu'un luth d'airain aux cordes sans pareilles,
Ta voix qui frémissait sous un noble courroux;
C'est que je veux, hélas! me traîner à genoux
Pour adorer aussi notre grande patrie

Que, sans pitié, la main étrangère a meurtrie ;
C'est qu'écoutant encor tes sanglots et tes pleurs,
Je veux dans l'abandon proférer mes douleurs ;
C'est qu'au dedans de moi je sens gronder la flamme
Par ta main allumée à la mémoire infâme ;
C'est parce qu'agité je ne saurais dormir,
Et veux de tes accents m'inspirer pour gémir !

Oh ! toi, mon beau pays, qu'on a voulu contraindre ;
Toi, qu'un monde jaloux avait juré d'éteindre,
Au foyer de lumière, où l'éclat inouï
De tes rayons frappait son regard ébloui,
Viens avec nous montrer à ces troupes d'esclaves
Que nous ne savons point supporter les entraves !
Viens, et de leurs prisons, déchirons les barreaux,
Comme un faible débris d'un linceul en lambeaux ;
Viens, je veux aujourd'hui briser toutes ces chaînes,
Et les voir, effrayés par le cri de nos haines,
S'abaisser lâchement devant notre étendard
Qui va fondre en courroux sur leur drapeau bâtard !
Que flotte au-dessus d'eux notre sainte bannière !
Allons, lion, rugis, secouant ta crinière ;
Regarde-les s'enfuir dans leurs antres obscurs,
Où, tout tremblants encor de leurs crimes impurs,

Ils vont, hibous repus, s'accrocher aux murailles.
Ton sang par mille flots coule de tes entrailles ;
Mais ils viendront pourtant implorer ton pardon.
Pour achever ta mort dans un lâche abandon,
Ils ont uni leurs coups, recherché des complices;
Montre-leur aujourd'hui que ces faibles malices
Ne pouvaient point jamais atteindre ta vertu;
Et puisque dans leurs rangs on te croit abattu,
Élance-toi d'un bond sur leur foule impuissante
Que viendra déchirer ta griffe renaissante,
Et que ce seul effort l'anéantisse, enfin!

Ou plutôt non; crois-moi, ces malheureux ont faim;
Dans leurs tristes besoins, ils ne sauraient plus feindre.
Ainsi que des voleurs commençant par se plaindre,
Ils réclament l'aumône et ne veulent qu'argent.
Pitié pour les soldats de ce peuple indigent!

Oui! Tous ces nains hideux, ces vampires informes,
Ces vautours affamés et ces monstres difformes
Qui sur tes pieds, géant, vinrent un jour ramper,
N'avaient qu'un but, un soin, voler et s'échapper.
Et tous leurs vains combats, toutes leurs hécatombes,
Les voyaient, vers le soir, acharnés dans les tombes

Pour dépouiller toujours les cadavres meurtris.
Voilà ce qu'ils cherchaient dans ces nobles débris,
De l'or, toujours de l'or ; ils marchaient au pillage
Ainsi que des requins qui suivent le sillage
D'un navire impuissant ; leur seule vanité
Était de satisfaire à leur cupidité,
Et l'atroce combat les remplissait de joie,
Car ils pouvaient alors s'élancer sur leur proie.
Puisque tous ces maudits sont attirés par l'or,
Qu'on leur en donne donc, et toujours et encor.
Dépouillons-nous de tout, sans regrets ni colère ;
Donnons et nos palais, nos biens, notre salaire,
Nos épargnes aussi, nos bijoux, notre pain.

Qui pourrait espérer ? Qui voudrait vivre, enfin,
Sous le joug insolent d'un ennemi sans gloire ?
Délivrons le pays de l'affreuse mémoire
D'une telle souillure, et plus resplendissant,
Nous le verrons alors lever son bras puissant,
Qui d'un geste pourra courber sous son empire
Et tout ce qui demeure et tout ce qui respire ;
Et son nouvel éclat, écartant cette nuit,
Ira porter si loin notre foi, notre bruit,
Que nous pourrons dompter jusqu'aux plus incrédules.

Mais vous, Teutons ingrats, ployés sous les férules,

Vous dont chaque victoire est un assassina ;

Vous, les guerriers du Styx que Pluton ramena ;

Vous, toujours enivrés et de sang et de rage ;

Vous, maintenant assez abreuvés de carnage,

Qui marchez sur ce sol d'un pas mal affermi,

Et qui voyez parfois comme un spectre endormi

S'étendre à vos côtés, maudissant vos orgies,

Fuyez ces lieux sacrés et ces terres rougies,

Où le sang répandu par vous dans les chemins

Jaillit, tache éternelle, à vos fronts inhumains.

Fuyez, car cette France atrocement vendue

Va, comme un Dieu vengeur se dresser éperdue ;

Car elle va bientôt enchaîner vos démons,

Comme un aigle qui part de la cime des monts,

S'abattre sur vos flancs pour arracher le germe

De cette cruauté dont il nous faut le terme.

Fuyez, car elle va déchaîner sur vos rangs

Sa foudre, son tonnerre et ses mille torrents.

Fuyez, car elle va, dans sa rage sublime,

Comme un atome vain, vous plonger dans l'abîme,

Et sur votre dépouille élever, triomphants,

Ses fils régénérés pour vaincre vos enfants.

Paris, fevrier 1872.

PULVIS ES.....

Un long saisissement atteint les âmes tendres
A ce spectacle affreux du mercredi des cendres.

La débauche, entraînant partout sur le pavé
Des êtres chancelants à l'esprit dépravé,
Vient nous montrer ainsi combien notre nature
S'abaisse et se confond parfois avec l'ordure.
Pourtant, que d'affligés se lamentent en vain!
Que d'enfants, hélas! sont dévorés par la faim!
Combien de malheureux grelottent dans leur âtre!
Tandis que tous ces fous, sous leurs masques de plâtre,
Sous leurs toges d'emprunt qui les font arrogants
Dans leurs rôles hideux, sous la poudre et les gants,

Vont cacher leur laideur et leur ignominie !
On les trouve aujourd'hui gorgés de vilenie,
D'une pourpre en haillons à regret recouverts,
Attablés dans le bouge, et livides et verts ;
Ou marchant dans la rue, avinés, avec peine,
Et semant sous leurs pas, comme une atroce graine,
Leur cynisme honteux et leurs propos puants.
Accrochant sur les murs leurs doigts encor gluants
De leur immonde orgie, ils traînent leur ivresse,
Et leurs membres affreux marchent avec paresse.
Tantôt ils vont tomber meurtris sur des tessons,
Tantôt en s'affaissant sur le pied des maisons,
Ils se brisent la tête aux angles des murailles,
Et sont comme des corps privés de funérailles,
Que les chauves vautours même auraient dédaignés,
Parce qu'ils sont malsains, pourris et gangrenés,
Et qu'on aurait ainsi jetés sur la voirie,
Étendus dans la vase inertes et sans vie.
Loin d'eux avec dégoût se tourne le regard.
En passant, la Pitié cherche d'un œil hagard
Si vraiment l'être humain dort sous ces immondices,
Et, n'osant approcher de cet amas de vices,
Elle s'enfuit bientôt, tant ils sont repoussants,
Et tant la honte fait tous secours impuissants ;

Le dégoût sur sa lèvre en cet instant abonde,
Car elle a du mépris pour cette tourbe immonde.

Mais leur aspect est plus agréable à nos yeux
Que celui de ces gens obscènes et joyeux,
De ces hommes menteurs, de ces prêtres sinistres,
Qui du Maître divin se disent les ministres;
Qui, dans l'austérité vous montrant le bonheur,
Osent parler aussi de respect et d'honneur;
Qui flétrissent du haut de la chaire avec rage
Jusqu'au nom de plaisir, pour souiller dans l'outrage
Des vierges de quinze ans; qui savent entraîner
Les innocents vers eux pour mieux les suborner;
Qui portent leur opprobre et tous leurs maléfices
Jusqu'au sublime instant de leurs saints sacrifices;
Qui promènent enfin la honte en chaque lieu,
Et, courbés et rampants, qui viennent baiser Dieu,
Encor tout ébranlés du bruit des tabagies,
Encor tout imprégnés de l'odeur des orgies,
Encor tout enivrés de leurs libations,
Encor tout étourdis des copulations,
En apposant la cendre au front des éhontées
Que pour la nuit dernière ils avaient achetées.
Ils sont aussi moins faux, moins vils, moins corrompus,

Que ce monde perfide et que tous ces repus
Qui, sans amour du bien, vivent de fourberie ;
Et j'aime mieux, je crois, le temps de barbarie,
Que celui de nos jours où l'on voit de ces gens
Qui veulent reprocher le vice aux indigents
Qu'un laquais a traînés sur le chemin aride,
Jusqu'auprès des autels, et qui, la face humide
Des fêtes de la nuit, se sont agenouillés.

Car les gueux, les flétris et les déguenillés,
Que la peine toujours déchire de sa serre,
Et qui n'ont pour partage ici-bas que misère,
Dans l'ivresse ont cherché l'oubli de leur malheur.
Et souvent à leur vin se mêla plus d'un pleur ;
Et puis ils ont l'audace en leur plaisir immonde,
Ils sont fiers en l'horreur ; mais vous, les gens du monde,
Qui, sous votre dentelle arrêtant vos dépits,
Cachez, tout gangrenés, vos cœurs tout décrépits,
Moins hommes que serpents et moins femmes que filles,
Donnant à vos harems le saint nom de familles,
Vous mentez en disant que vous venez à Dieu,
Et personne aujourd'hui ne croit à votre jeu.
En cela l'on vous voit ainsi que des chouettes
Qui célèbrent la nuit de leurs voix inquiètes

Et comme ces catins qui, vers la fin du jour,
Pour une pièce d'or vous grimacent l'amour.

Il faut que de bijoux se parent vos maîtresses,
Que le parfum ruisselle en leurs cheveux sans tresses!
Bravo, mes beaux seigneurs, mes nobles histrions;
Bravo, la nuit est belle, allons, buvons, rions.
Tandis que, sanglotant, tous nos frères d'Alsace,
Pour sauver leur pays endossent la besace,
Et s'en vont, grands, petits, parcourir les chemins,
Implorant nos pitiés et nous tendant les mains.
Car pour eux le plaisir se trouve sur les tombes,
Qui rappellent toujours d'affreuses hécatombes;
Car on les a vendus, et devant ce remords
Ils deviennent jaloux du bonheur de leurs morts;
Ces enfants, voyez-vous, réclament une mère,
Et pour eux la douleur n'est point une chimère.
Ils n'ont pas profané leurs vêtements de deuil,
Car ils ont devant eux le sinistre cercueil;
Mais ils ne veulent point y renfermer ces haines.
Ils nous montrent leurs bras meurtris d'ignobles chaînes,
Et c'est en maudissant nos atroces vainqueurs,
Qui contemplent là-bas de leurs regards moqueurs
Nos jeux et notre oubli, que soudain ils s'écrient :

7

« Ceux qui chantent sont là, près des femmes qui prient,
Oh! frères, nous souffrons ; venez, venez à nous,
Plus de chants, de plaisirs; des pleurs, et levez-vous ! »

Paris, fevrier 1872.

ADOREMUS.

Puisqu'il faut t'adorer, faut-il au moins savoir
Ce que sont les nombreux bienfaits de ton pouvoir,
Nature qui ne peux cacher à la science,
Qu'on t'appelle Destin, ou Dieu, ou Providence,
Les secrets que bientôt nous dira l'avenir?
Hélas! il est certain qu'on ne peut parvenir,
Dans les hideux sentiers de cette sphère immonde,
Dans ces luttes d'embûche où tu pousses le monde,
A triompher de toi sans de rudes efforts
Qui souvent sous le poids ont courbé les plus forts.
Mais si tu mets l'espoir au fond du précipice,
Si le bal, par tes soins, se transforme en hospice,
Si tu traînes les bons au pied des échafauds
Pour épargner toujours les mauvais de ta faux,

Si tu fais aux méchants des bontés hypocrites,
Si tu remplis nos lois d'insolences écrites,
Si tu fais miroiter à nos yeux éblouis
Des leurres qui ne sont que chagrins inouïs,
Si tu laisses l'orgueil aux gens de vilenie
Pour infliger l'affront aux êtres de génie,
Si tu peux, sans raison, en broyant les petits,
Donner aux malheureux de sanglants appétits,
Si tu changes les fleurs contre des herbes mièvres,
Si ta main vient glacer le baiser sur nos lèvres,
Si tu fais dans les champs se coucher les héros
Pour être dévorés des loups et des corbeaux,
Si tu prends nos enfants, si tu fais des momies
De celles qu'ici-bas nous nommons des amies,
Si tu peux étouffer les vierges dans tes bras
Pour couronner toujours d'atroces scélérats,
Si tu peux sans profit nous enlever nos mères,
Si tu te fais l'agent de nos douleurs amères,
Si tu conduis la peine aux portes du réveil,
Si tu donnes la mort quand on veut le sommeil,
Si tu brises les grands, si tu sapes les trônes,
Si tu verses le fiel par la bouche des prônes,
Si tu laisses le peuple user son ongle noir
Contre les murs d'airain qui renferment l'espoir,

Si le rocher sauveur peut fendre notre tête,
Si le ciel azuré peut couver la tempête,
Si le mont admiré se déchire en volcan,
Si la limpide mer doit craindre l'ouragan,
Si la foudre habitant le blanc ou bleu nuage
Se déchaîne soudain aux fureurs de l'orage,
Si le navire voit un abîme béant
S'entr'ouvrir dans le sein du paisible Océan,
Si tu fais dans les cieux se culbuter les astres,
Si tu ne peux assez t'abreuver de désastres,
Si, te riant enfin de notre pauvreté,
Tu te complais toujours dans cette cruauté,
Si l'enfer est un lac où ta face se mire;
Tout cela sans qu'on ait d'armes sur ton empire,
Tout cela sans qu'au haut de ce trône étoilé,
Il parvienne un regard du monde désolé,
Tout cela comme hommage au tyrannique maître,
Tout cela pour tribut sans jamais te repaître;

Ta main qui forge les barreaux,
Ton bras qui soutient les bourreaux,
Ne pourront faire que la France
N'espère dans sa délivrance,
Et n'empêcheront que les âmes

Qui veulent concentrer leurs flammes
Rayonnent dans l'obscurité,
Et brûlent pour l'éternité.

Les Quayres, novembre 1871

LA ROUTE D'ANVERS.

Gloire! ils sont allés ces corsaires,
   Pauvres d'honneur, riches faussaires,
Histrions quémandant, bateleurs sans accord,
Ecartant du talon le fumier des vieux âges,
Et traînant après eux pour la souiller d'outrages
   La République sans effort.

Ils n'ont point vu ces hécatombes ;
   Ils ont pu marcher sur ces tombes,
Qui s'entr'ouvrent encore et bordent leur chemin,
Ils n'ont point vu, debout, ces vengeances, ces gnômes,
Ces squelettes ; ils n'ont point vu tous ces fantômes
   Se dresser dans le sang humain.

Ils n'ont point vu, l'âme flétrie,
Se désoler notre patrie ;
Ils n'ont point vu la honte en cette cruauté
Ni la ruine enfin terminant les batailles,
Car tous ces crimes sont dans leurs douces entrailles,
Les bienfaits de la royauté.

Ils n'ont vu que la monarchie
Conduisant partout l'anarchie ;
Ces dévots à genoux au lieu de pardonner
Osent implorer Dieu, dont ils volent les grâces,
Afin de rétablir les laquais de leurs races
Et de pouvoir assassiner.

Ils sont partis avec ivresse,
Voyant s'ébranler en tendresse
La charrette entraînant vers Chartres le bourreau ;
Car ce sont ces gens-là qui les prennent pour maîtres,
Et celui-ci, sans doute, allait pour tous ces traîtres
Alors essayer son couteau.

Mais pourquoi cette piètre mine ?
Il est temps de brosser l'hermine !
Allez, pitres, valets, courbés sous le bâton,

Lécher servilement les pieds de votre idole !

Encensez ce magot dans votre farandole !

    Son trône est prêt sur un ponton !

    Allons, sur nous lâchez vos troupes ;

    Et vidant les dernières coupes,

Venez, ivres encor, quittant Anacréon,

Vous repaître de sang ; et gardez la victoire

Pour accoler sanglants ces deux noms dans l'histoire :

    Chambord avec Napoléon !

Paris, février 1872.

APPEL AU PEUPLE!

Silence! Entendez-vous résonner le tocsin,
Agité par les bras de tout ce peuple saint
Qui fit quatre-vingt-neuf? Peuple, c'est ta famille
Qui renversa les rois et broya la Bastille!
Tous ces morts aujourd'hui se lèvent des tombeaux
De leurs grandes vertus nous montrant les flambeaux!
Par leurs mains l'ennemi fut fauché comme l'herbe:
On vit flotter les plis de leur drapeau superbe
Sur les mers et les monts, et ces nobles Titans,
Dans le sol engraissé par le sang des tyrans,
Par le monde, semaient cette moisson sublime
Qui germa forte et pure en leur flanc magnanime.
Sur les trônes assis, vêtus de leurs haillons,
Ces géants commandaient à mille bataillons,

Et tous les enchaînés par eux devenaient libres;
La terre, sous leurs pas, tressaillait jusqu'aux fibres,
Ils portaient la lumière enfin dans chaque lieu,
Et par eux notre peuple était le peuple Dieu.

Que pouvons-nous répondre à ces juges sévères?
Ils viennent aujourd'hui, ces souverains, nos pères,
Demander aux enfants où sont tous ces autels
Qui célébraient jadis leurs hauts faits immortels;
Ne voyant plus fumer cet encens de leur gloire,
Ils demandent pourquoi disparaît leur mémoire.
Regardez! les voilà, couverts de leurs lauriers,
Les plus humbles d'entre eux chez nous seraient premiers;
Ils vont avec orgueil dans la poudre des trônes,
Et leurs mains par dédain rejettent les couronnes.
Ils cherchent, inquiets, leur route du regard;
Sur un sentier boueux, tombe leur œil hagard;
Qu'est-ce donc? Et pourquoi, dans ces chemins immondes
Trouvent-ils des rochers, des ornières profondes?
Eux qui marchaient toujours sur un sable doré,
Et dont même le pas fut partout vénéré.
Contemplez-les, poussant le couvercle des tombes,
Ils se dressent, ces morts, des saintes hécatombes,
Ils cherchent, égarés, l'étendard en lambeaux,

Et trouvent son vestige aux griffes des corbeaux.
Regardez s'enflammer leur prunelle farouche
En voyant les bâillons qui couvrent notre bouche.
Écoutez! du linceul ils se sont dépouillés,
Le bruit majestueux des vieux sabres rouillés
S'élève de leurs rangs; on voit branler leur masse,
Et l'univers pour eux n'a plus assez de place;
Et voici que soudain retentissent leurs voix,
Et le monde soumis se courbe sous leurs lois.
Mais pourquoi, quand ils sont si beaux dans la tempête
De nous avec effroi détournent-ils la tête?
Pourquoi gémissent-ils, eux, les preux et les forts?
Ils semblent nous pleurer comme on pleure des morts!
C'est qu'on nous voit faiblir devant notre misère,
C'est qu'on voit tous nos cœurs rongés par cet ulcère,
C'est que notre patrie aux pères égarés
Montre les fils maudits qu'on croit dégénérés!

Allons, peuple, debout! fais renaître l'histoire!
Français, tu vois briller ces beaux jours de victoire
Où la palme de paix s'enlaçant aux lauriers
Montrait ton écusson au-dessus des premiers.
Il faut reconquérir ce rang parmi les mondes.
Quand, hélas! un noyé disparaît dans les ondes,

Il s'empare de tout; peuple, il faut te sauver,
Comme ce malheureux que Dieu veut éprouver;
Pauvre, par le travail, artisan, par ta tâche,
Soldat, par ta valeur; plus d'oisif, plus de lâche;
Que chacun s'abandonne au sublime devoir
D'apprendre la vertu, de montrer, de savoir;
Il faut qu'au firmament monte notre bannière,
Dont on retient en vain chaque aile prisonnière;
Il faut que nos efforts étonnent nos aïeux,
Dont la sainte fureur escaladait les cieux,
Afin que si, parfois, revenant au rivage,
Ils cherchent de leur temps le divin héritage,
Nous puissions le montrer loin de l'obscurité
Rayonnant au soleil de notre liberté.

Paris, mars 1872.

PRO PATRIA!

A MADAME ROUGIER.

Voyez-vous s'agiter les herbes
Qui recouvrent tant de tombeaux?
Voyez-vous se dresser superbes
Ces morts déchirés des corbeaux?
Quand toutes ces nobles victimes
Entendent vos cris alarmés
Et dans leurs dévoûments sublimes
Voudraient leurs bras encore armés;
Resterez-vous sous le soufflet?
    A la patrie,
    On vous en prie,
Faites l'aumône, s'il vous plaît!

Riches, que la vaine opulence

Engourdit dans l'oisiveté,
Arrachez-vous à ce silence
Qui réjouit la cruauté.
Que faites-vous de ces dentelles,
De ces bijoux, de ces brillants,
Lorsque des femmes immortelles
Viennent se joindre aux mendiants?
Resterez-vous sous le soufflet?
    A la patrie,
    On vous en prie,
Faites l'aumône, s'il vous plaît!

Paysan, qui vis ta chaumière
Partir en flamme sous le vent,
Viens dégager notre lumière,
Sauve tes biens en nous sauvant ;
Donne tes grains et ta récolte,
Prodigue toutes ces moissons.
Là-bas on pleure, on se révolte,
On voit de la chair aux buissons
Resterez-vous sous le soufflet?
    A la patrie,
    On vous en prie,
Faites l'aumône, s'il vous plaît!

Artisans, courbés sur l'enclume,
Quand le brasier jaillit en feu,
Pensez au courroux qui s'allume
Dans le cœur de ceux que le jeu
A vendus, comme on vend des filles.
Donnez vos peines, vos sueurs,
Donnez le pain de vos familles,
Votre travail et vos douleurs.
Ne restez pas sous le soufflet !
    A la patrie,
    On vous en prie,
Faites l'aumône, s'il vous plaît !

Prêtres, donnez vos reliquaires,
Mitres et ciboires dorés,
Vos urnes de thuriféraires
Et vos vains vêtements pourprés.
Le Christ dormait dans une crèche,
Pour nectar il buvait le fiel ;
Sa douce voix surtout vous prêche
De contempler Dieu dans le ciel.
Resterez-vous sous le soufflet !
    A la patrie,
    On vous en prie,

Faites l'aumône, s'il vous plaît!

Pauvres, apportez votre obole;
Que le bienfait vous fasse grands,
Et qu'ainsi le chagrin s'envole
Pour s'abattre sur les tyrans.
Donnez l'anneau de mariage,
Et vos reliques, et vos fleurs;
Et que vers un autre rivage
S'en aillent vos cris et vos pleurs.
Ne restez pas sous le soufflet!
     A la patrie,
     On vous en prie,
Faites l'aumône, s'il vous plaît!

Alors le soleil qui se cache,
Apparaissant au haut des cieux,
Touchera d'un rayon sans tache
L'auréole de nos aïeux.
Et nous verrons notre génie,
Reprenant un nouvel essor,
Bien loin de cette vilenie
Dont nous souilla le mauvais sort.
Nous aurons rendu le soufflet;

Et la patrie,
Bien que meurtrie ,
Aura le monde pour valet.

Paris, mars 1872,

LE CHEVAL DE BATAILLE.

A MON AMI ED. DE VIRGILE.

Le murmure
Naît et fuit.
L'heure est pure.
Aucun bruit
Dans la plaine,
Que l'haleine
Chaude et saine
De la nuit.

Tout est calme
Dans le camp
Plein de palme;
Grand volcan
Qui sommeille.

Sentinelle

Qui s'éveille

En grondant,

Fait entendre

Seulement

Voix peu tendre

Fortement;

Et la flamme

Semble l'âme

D'une femme

En tourment.

Et c'est l'heure

Où l'amour

Rit et pleure

Tour à tour;

Où s'étale

La cavale

Fauve et pâle

Jusqu'au jour

Et la tête

Du coursier

Reste en fête
Sur son pied.
Il caresse,
En tendresse,
Sa maitresse
Sans prier.

Elle embrasse
Son ami
Qui l'enlace
Et gémit.
La lumière
La voit fière
Sur la pierre
Qui frémit.

Mais moins sombre
Le matin
Sort de l'ombre;
Et soudain,
Vient combattre
Et s'abattre
En marâtre
Le destin.

Le tonnerre
En courroux
Vient sur l'aire
Jaune et roux
Semer rage
Et l'orage
Qui partage
Mille coups.

C'est que sonnent
Les clairons
Et que tonnent
Les canons.
Viens, ma belle,
Vite en selle ;
On appelle,
Soyons prompts.

Comme folle,
Se levant,
Elle vole,
Soulevant
La poussière ;
Sa crinière,

Longue et fière,
Flotte au vent.

On l'admire
Qui se tord
Et déchire
Sous la mort,
Aux épines
Des ravines,
Ses divines
Tresses d'or.

Et l'épée
Du maudit,
Mal coupée,
Rebondit.
Sur sa tête
Toujours prête.
Pauvre bête,
Qui prédit

La victoire
Au guerrier.
L'âme noire,

Le coursier,
Dans la masse,
Suit sa trace
Et se place
Le premier.

Tout humide,
Il se tord,
Ronge bride
Et son mors.
L'eau ruisselle
Sous sa selle,
Il chancelle
Dans les morts.

Mais la lutte
Est son jeu;
Point de chute;
Il craint peu
La bataille,
La mitraille;
Son entraille
Est en feu.

Mais, ô rage !
Un éclair
De l'orage,
Dans cet air,
Lui incombe ;
Elle tombe
Et succombe.
Et sans flair,

Sur la terre,
Le cheval
Voit sa chère
Dans le mal
Se morfondre ;
Pour répondre,
Il vient fondre
Sans rival.

Il s'élance
Du combat,
Sous la lance
Et s'abat,
Comme un foudre,
Dans la poudre

Pour s'absoudre
Ici-bas !

La blessure
De ce flanc
Est trop sûre ;
Et, sanglant,
Plus farouche,
Sur sa bouche
Il se couche
Calme et lent.

Et quand passe
L'ouragan,
Il trépasse
Arrogant.
Sur la tombe
Il succombe,
Voit la trombe
En narguant.

Las de vivre,
Au sommeil
Il se livre ;

Et Soleil
Dans ses trames
Voit deux âmes
Dont les flammes
Vont au ciel.

Les Quayres, septembre 1871.

A UN DÉNONCIATEUR.

Le sort t'avait jeté grelottant sur la route,
Te livrant au hasard, à l'aventure, au doute,
En laissant sans échos tes sourds vagissements ;
Lorsque vint à passer une belle madone
Qui dit : Ce faible enfant gémit, qu'on me le donne ;
      Je veux l'affranchir des tourments.

Quel étrange caprice et quelle folle envie
La firent-elle ainsi s'attacher à ta vie ?
Peut-être la pitié ? Mais, dans ce front serein,
Le génie est bien loin de la pensée humaine ;
Mais les cieux éclairés sont partout son domaine
      C'était la Science en chagrin.

Alors elle te mit au-dessus de ce monde,
Te fit plonger longtemps dans ce chaos immonde,
Des regards incertains; et, par un tendre amour,
Elle sut dans ce gouffre apporter ses lumières,
Te fit voir la douleur aux palais, aux chaumières,
  Et te dit enfin : Marche au jour.

Et tu descendis donc au milieu de ces fanges,
Toi qu'on avait bercé sur les ailes des anges,
Et d'éclatants rayons ton front vint se charger,
Et ta main possédait une noble puissance
Qui faisait à ton gré la mort ou la naissance;
  Ta tâche était de soulager!

Tu rendais souriants les enfants à leurs mères
Que tu pus délivrer de tortures amères;
Du geste et de la voix tu chassais les douleurs,
Et même, à ton aspect oubliant la souffrance,
On sentait dans son cœur renaître l'espérance.
  Tu séchas bien des pleurs.

Ami des affligés, qui t'aimaient comme un frère,
On bénissait ton nom comme celui d'un père;
Des êtres réjouis te chantaient en tout lieu,

Et par toi du mourant se fermait la blessure;
Le pauvre te voyait paraître en sa masure
    Ainsi qu'un envoyé de Dieu.

Et parfois, quand la mort emportait dans ses serres
Quelque homme malheureux au bout de ses misères,
On osait espérer du sublime souci
Qu'on réclamait de toi; lorque ta main bénie
Demeurait impuissante auprès de l'agonie
    Encore on te disait : merci.

Mais un jour de bienfaits se lassa ta nature,
Et la honte à la fin réclama sa pâture;
De ces nobles lauriers tu jetas le fardeau;
Et toi, le confident d'infortunés sans crimes,
Tu repoussas les mains de ces tristes victimes,
    Et tu les livras au bourreau.

Tels des spectres vivants couverts de leurs suaires,
Vous les fites alors, étranges belluaires,
Marcher devant vos coups; et jaloux des corbeaux,
Toi, l'homme de bonté, d'amour et de tendresse,
Toi, l'être de génie et l'âme sans faiblesse,
    Tu vins disputer leurs lambeaux

Sois maudit, toi qui fais se désoler des veuves,
Toi, que des orphelins aux noires robes neuves
Désignent en pleurant; sois maudit de partout;
Que tu sois sans repos fouetté par les furies,
Et que ton corps meurtri, souillé par les voiries,
    Pourrisse dans l'eau d'un égout.

Paris, avril 1872.

BOIS ET PRAIRIES.

Et toi, nature aussi, tu chasses le poëte
Lorsque dans la douleur de son âme inquiète
      Il vient s'épancher en ton sein;
Il ne peut plus rêver dans tes molles prairies,
Il ne peut plus s'étendre en tes herbes fleuries,
      Sans trouver des pas d'assassin!

Un jour, je m'égarai pour charmer ma pensée
Dans la plaine luisante humide de rosée,
      Où les caresses du soleil
Faisaient briller au vent la longue chevelure
Des arbres, dont l'hiver écartait la souillure,
      Et qui frémissaient sous le ciel.

Hélas ! plus je plongeais dans cette solitude ,
Plus je sentais sur moi frapper l'inquiétude ;
  Car dans tous ces riants vallons
Des maudits sont venus s'enivrer aux batailles,
Et la terre saignait sous les larges entailles
  Des tombes aux gouffres profonds.

« Soldats infortunés, qui dormez sous ces herbes ,
« Pensiez-vous , quand ici vous succombiez superbes,
  « Qu'un jour viendrait où le passant,
« Qui suit avec douleur son chemin dans la plaine,
« Ne sentirait alors de votre pure haleine
  « Qu'un souffle corrompu de sang !

« Pensiez-vous qu'hésitant sur ces trous solitaires ,
« Horribles, acharnés , en remuant ces terres,
  « On verrait creuser vos amis?
« Pensiez-vous que vos corps parmi les immondices
« Pourriraient sans linceuls, sans tombes, sans indices ?
  « Étaient-ce là les biens promis?

« Pensiez-vous qu'au matin, après des nuits amères,
« On verrait dans les champs se prosterner vos mères,
  « Des ongles fouillant le sillon?

« Pensiez-vous qu'aujourd'hui s'égareraient vos femmes
« Pleurant, cherchant partout, ô cruautés infâmes !
    « De vos yeux le dernier rayon ?

« Tristes abandonnés, au fond des catacombes,
« Vous qui fûtes maudits jusqu'au sein de vos tombes,
    « Sortez sous les regards jaloux
« De l'horrible mépris ! Et que pour notre honte,
« Quand dorment vos bourreaux, quand l'astre des nuits monte,
    « Viennent vous déterrer les loups ! »

Et ma voix s'éteignit dans ma poitrine ardente,
Et baisant le terrain de ma bouche imprudente,
    Je m'affaissai plus gémissant ;
Puis vers les cieux alors m'élevant dans ma rage
Je les bravai sans crainte ; et, narguant leur orage,
    Je les provoquai, maudissant.

Un enfant qui rôdait en ces lieux comme une ombre,
Me dit, en m'appelant d'une voix douce et sombre,
    Montrant sous mes pas un lambeau :
« Oh ! vous qui paraissez dans un destin prospère,
« Pitié, je vous en prie, aux restes de mon père. »
    Je piétinais sur un tombeau !

    Paris, avril 1872.

AUX PAYSANS.

Quand on vous dit que la patrie
Rappelle ceux qu'elle a chassés,
Que les lâches qui l'ont flétrie
Sentent bondir leurs cœurs blessés,
Et que, pour la sauver meurtrie,
Plus braves ils se sont dressés ;

Songez qu'ils ont fui la bataille ;
Voyez vos fils agonisants,
Abandonnés sous la mitraille,
Et souvenez-vous, paysans !

Quand on vous dit que leurs richesses
Se répandront entre vos mains,

Qu'ils n'auront plus que des largesses
Pour tous les malheureux humains,
Que pour soulager les faiblesses
Ils s'en iront par les chemins;

Voyez-les rouler dans l'orgie,
A se redresser impuissants,
Vautrés sur la terre rougie,
Et souvenez-vous, paysans!

Quand on vous dit que leur science
Doit vous rendre la liberté,
Qu'ils n'auront que magnificence,
Oublieux de la cruauté,
Et que dans leur juste puissance
Ils sont prodigues de bonté;

Songez aux cachots de Cayenne,
Où s'ébranlent des fers pesants;
Songez à leurs fureurs d'hyène,
Et souvenez-vous, paysans!

S'ils vous parlent de la justice
Qui s'enfuit partout devant eux,

S'ils prétendent entrer en lice
Pour défendre le malheureux,
Et si dans leur désir factice
Ils semblent du bien orgueilleux;

Dites à tous ces misérables
Qu'ils devraient être gémissants
Comme les derniers des coupables,
Et souvenez-vous, paysans!

Quand ils vous parleront de gloire
Et de paix pour nos étendards,
Et de valeur et de victoire,
Eux qui luttent par les poignards,
Eux qui souillèrent notre histoire
En se rendant à des soudards;

Voyez brûler votre chaumière
S'effondrant sur des innocents;
Souffrez votre douleur première,
Et souvenez-vous, paysans!

Lorsqu'ils vous montrent irritées,
Nos bannières dans leurs fourreaux

Où leurs ailes sont maltraitées ;
Quand on vous dit que ces bourreaux
De nos prisons imméritées
Auraient pu rompre les barreaux ;

Songez qu'ils ont vendu la France ;
Songez qu'avec les Allemands
Ils ont ri de notre souffrance,
Et souvenez-vous, paysans !

Et si le Prussien sans entrailles
Venait, affreux caméléon,
Vous dire : Peuple des batailles,
Tu peux sauver ton vieux lion,
Tu peux éteindre les mitrailles,
En reprenant Napoléon !

Voyez passer la Marseillaise
Qui traîne les canons luisants,
Écoutez gronder la fournaise,
Et souvenez-vous, paysans !

Si l'on vous dit que dans notre onde
L'arche d'avenir a sombré ;

Si l'on vous dit que notre monde
Ne doit plus être vénéré;
Rongé dans sa souche profonde
Par un terrain dégénéré,

Dites-vous que la République
De vos pères fit des géants,
Dont la gloire immense est unique,
Et souvenez-vous, paysans!

Paris, février 1872.

GAMBETTA!

Que voulez-vous ? manants, jésuites et cagots ;
Gentilshommes déchus qui regrettez les Goths ;
Hideux admirateurs des profondeurs funèbres,
Qui voudriez le monde empli par vos ténèbres ;
Vous, spectres éhontés, qui sortez des tombeaux,
Prenant pour étendards vos linceuls en lambeaux ;
Vous qui voulez revoir ces heureux temps barbares,
Où, maîtres adulés, entourés de fanfares,
Vos aïeux répandaient partout la cruauté ;
Vous, qui tombez vaincus devant la liberté
Dont l'éclat a montré toutes vos turpitudes ;
Vous, qui par les bourreaux forgeant les servitudes,
Massacrant et broyant, régnâtes en tyrans !
Ne fûtes-vous donc point noyés dans ces torrents

Que déchaîna le peuple en lavant votre honte?
Avez-vous oublié tout ce que l'on raconte?
Quel étrange courroux vous fait ainsi hurler?
Est-ce un besoin de mordre ou bien de reculer?
Parce qu'il s'est trouvé, dans cette ignominie
Et dans ces trahisons, un être de génie
Qui ne voulut jamais arrêter son effort,
Car dans notre péril, seul, il s'est senti fort;
Parce qu'il a partout défendu sa bannière,
Que sa main vigoureuse a quitté la dernière;
Parce qu'il a lutté comme un fils des géants;
Parce qu'il a, malgré les abîmes béants,
Entr'ouverts sous ses pas, conduit les renommées
Dociles à sa voix, en avant des armées;
Et parce qu'il a cru que votre lâcheté
Ne pourrait nous conduire à la prospérité;
Parce qu'il vous a dit qu'il fallait disparaître,
Qu'on ne peut aujourd'hui s'éclairer par le prêtre,
Et que de nos erreurs il faut nous dépouiller;
Vous osez, malheureux, sur ses pas aboyer.
Vous voulez contre lui retourner ces lanières
Dont il vous a fouettés; vous faites des prières
Pour que périsse enfin et que succombe en lui
La cause sainte qui vous écrase aujourd'hui!

Arrière, et ne souillez ce qui fut grand et beau!
Voyez-le qui parcourt, armé de son flambeau,
Tous ces lieux assombris par votre obscurantisme,
Pour y vaincre à jamais votre affreux égoïsme.
Écoutez!

Il vous dit que c'est assez de pleurs
Et que les peuples forts s'inspirent des malheurs;
Il vous dit qu'il faudra que des hommes stoïques
Se forment pour venger tant de chutes iniques,
Et que notre lumière et notre immense foi
Partout dans l'univers imposeront leur loi;
Qu'il faut de l'esclavage arracher la patrie,
Que nous verrons bientôt se redresser meurtrie;
Il dit que nous verrons des luttes, des combats
Ensanglanter encor les plaines d'ici-bas,
Mais qu'après ces horreurs on verra sur le monde
S'étendre les rameaux de la plante féconde
Que par son sang la France heureuse a fait grandir.
Il dit qu'on cessera de lutter, de maudir,
Et qu'on ne verra plus se désoler les mères,
Car les hommes partout seront unis et frères;
Que le monde, éclairé par ce divin soleil,
Aux malheureux devra sembler un nouveau ciel.

Silence!

    Car il montre une longue étincelle;
C'est notre République immense, universelle.

    Paris, avril 1872.

L'AVENIR.

Tantôt le jour blafard, tantôt la nuit profonde,
Dans les chemins de la vieille forêt du monde !
Et, sans guide, souvent s'égare le penseur
Qui voit sombrer le ciel dans la noire épaisseur ;
Et parmi ses canons sommeille le tonnerre,
Et l'aigle dédaigneux ne quitte plus son aire.
C'est qu'on voit les humains retourner en troupeaux
Vers un affreux passé, qu'ils sortent du repos
Et du mépris, que lui méritaient tous ses crimes ;
C'est qu'ils vont rechercher dans ces sombres abîmes
La morale et les lois de cette antiquité
Qui n'osait dans sa poudre et dans sa vétusté
Agiter un haillon de ses drapeaux barbares,
Hideux lambeaux trempés dans le sang et les mares.

C'est ainsi qu'on a vu renaître la fureur
De ces jours de massacre et de ces temps d'horreur ;
Ainsi qu'un peuple a pu voir triompher la haine,
Ainsi qu'on a vendu l'Alsace et la Lorraine.

Aussi, dans les ravins, les ornières des bois,
La folle humanité, trébuchant, aux abois,
Se penche à chaque instant sur le bord de l'ornière
Où la fera tomber l'absence de lumière.
C'est le règne du loup, du tigre et du serpent,
Qui, pour nous dévorer, s'approchent en rampant,
Et sur notre couronne, et sur nos gloires tombées,
Bavent les limaçons, courent les scarabées.
Les goules avec joie entraînent dans leurs trous
Le beau, le droit, l'amour et la paix sans courroux.
Les lauriers maintenant ont fait place à l'ivraie,
Pour emblême les rois ont adopté l'orfraie ;
On pille, on vole, on tue, on se fait criminel ;
On profane partout le trésor éternel
De liberté qu'un peuple a semé par le monde ;
Et la brute se vautre en la moisson féconde,
Sans qu'une voix élève un cri de liberté,
Et sans que la justice et la fraternité
Protestent par un mot contre tant de cynisme !

On vit de cet oubli, d'abandon, d'égoïsme ;
Et quand la gloire tombe, on chante à son trépas ;
Et si dans cette nuit se heurte votre pas,
Si parfois une lèvre approche votre bouche,
Si vous sentez parfois une main qui vous touche,
Si vous voyez debout celui qui se courbait,
C'est qu'alors votre front frappe contre un gibet.

Mais il faut qu'à la fin la justice domine,
Et qu'un noble courroux fasse éclater la mine.
Ton œuvre est imparfaite, ô Révolution !
Tu n'as point achevé ta parturition !
Il faut qu'encor ta foi régénère les hommes,
Il faut purifier les modernes Sodomes,
Et puisqu'il faut qu'encor rougissent les torrents,
Et que les méchants soient noyés dans les courants,
Il est temps, liberté, qu'à la fin tu te lèves,
Et que le monde entier obéisse à tes glaives ;
Il est temps qu'à tes pieds se traînent à genoux
Le monstre Rétrograde et les peuples jaloux.
Oui, dans ces bois obscurs, ces forêts pleines d'ombres,
Où peuvent se tramer les crimes les plus sombres,
Nous porterons encor la hache et le tison.
Nous voulons le soleil jusque dans la prison .

Nous voulons qu'à la fin s'éloigne la souffrance,
Que le peuple partout coure à la délivrance.
Les bras de l'échafaud, aux sinistres agrès,
Seront, entre nos mains, les leviers du progrès;
Nous détruirons au feu ces ignobles machines,
En montrant notre amour dans nos rages divines.
Car une heure viendra, lorsqu'aucun opprimé
N'aura plus, de remords, tout son cœur abîmé,
Quand nous aurons partout terrassé l'injustice,
Le mensonge, l'effroi, l'affront, le maléfice,
Et quand l'orgueil des grands, de vices amoureux,
Ne viendra plus jamais blesser les malheureux,
Quand du mal nous aurons brisé, tordu la serre,
Quand nous aurons chassé la perfide misère
Où n'existera point jusqu'au sublime tort
Du faible qui se venge en écrasant le fort,
Où les méchants seront éblouis de lumière
Et ne connaîtront plus leur cruauté première.
Il faut qu'on sache enfin que tant de nations
Ne sont pas un vain jouet pour les ambitions
Proscrivant à jamais tous ces prétendus maîtres,
Ainsi nous n'aurons plus à frapper tant de traîtres.
Alors point d'affligés; ni luttes, ni combats,
Plus de démons maudits excitant aux sabbats;

Nous aurons sur les monts enchaîné la tempête,
Et le bien grandira dans la nature en fête.

Le ciel est agité d'un long enfantement,
Une matrone est là, dont le ventre en tourment
Va s'entr'ouvrir, afin de pleuvoir, sur la terre,
Un sang chaud et fécond pour éteindre la guerre,
En accouchant là-haut d'un astre lumineux
Dont l'éternel éclat enflammera les cieux

Paris, avril 1872.

CE QUE DISENT LES MORTS!

Les ténèbres ont des oreilles
Et les profondeurs ont des cris.

V. HUGO.

A MON FRÈRE.

J'errais au vieux château des comtes de Dunois,
Cherchant des temps passés ce que furent les lois,
Et n'y découvrant rien que rage et maléfice.
Parcourant les détours du sévère édifice,
J'interrogeais longtemps les donjons, les créneaux,
Près des mâchecoulis, les vides arsenaux;
Mais la poudre emplissait toutes ces sombres salles;
Seul, le bruit de mes pas faisait sonner les dalles.
C'était bien le tableau de l'âge disparu,
Qui conservait encor dans son style incongru

10

L'image de ces mœurs dont la désuétude
Montre pourtant toujours l'affreuse servitude.
C'était humide, froid, comme si les sueurs
Sur les murs inondés se mêlant à des pleurs
Voulaient après mille ans faire parler la pierre.
Mon esprit s'acharnait à fouiller la poussière
Que respecte le temps pour montrer aux nouveaux
Combien de ces cruels les bonheurs étaient faux ;
Et je ne voyais rien que des traces amères ;
Et seules, sous les toits, les sinistres chimères,
Monstrueuses encor, passaient leur cou puissant,
Comme si, sous ma vue, elles flairaient du sang.
Je tremblais en songeant que dans ces jours barbares,
Où de l'humanité s'étaient éteints les phares,
Le bien était au crime et dans les trahisons ;
Et, descendant toujours, même dans les prisons,
J'allais cherchant partout un éclair de génie,
Afin de me guider hors de la vilenie.
Soudain, au plus profond d'un cachot sombre et nu,
Je heurtai de mes pas un objet inconnu ;
Et me baissant alors sous la torche fumeuse,
J'aperçus sous ma main, dans cette nuit brumeuse
Où la terre exhalait le sang et la douleur,
Des débris que je crus le spectre du malheur.

Ce squelette étendu n'était plus que poussière,

Mais il semblait vouloir encore creuser la pierre,

Et l'orbite sans feu de ses yeux acharnés

Contemplait en courroux ses membres enchaînés.

La sueur à mon front perlait en larges gouttes;

J'étais rempli d'horreur; et ma voix sous ces voûtes

En vibrant s'éleva, comme si mon accent

Eût pu sur les bourreaux frapper dans le néant.

« Suzerains criminels, sans valeur et sans âme,

« Que l'enfer aujourd'hui dévore de sa flamme,

« Disais-je en ma colère, accourez à mes cris!

« Vous, qui pour vos vassaux n'aviez que du mépris;

« Qui mettiez votre orgueil dans le plus beau carnage;

« Dont l'ombre avide encor dans tout ce sang surnage;

« Vous, nourris de rapine, enrichis par le vol,

« Qui traitiez la vertu d'espoir menteur et fol;

« Qui vécûtes ici du droit autocratique,

« Et meniez vos sujets sous votre rage inique

« Comme un pâtre brutal mène aux champs son troupeau;

« Qui vous êtes taillé des habits dans leur peau;

« Qui pûtes élever, pour effrayer la plaine,

« Des forts consolidés par la cervelle humaine!

« Accourez! puisque ainsi vous vécûtes chez nous,

« Sans qu'on vous ait forcés de ramper à genoux;

« Et puisque impunément vous fûtes sanguinaires;

« Puisque l'exécuteur et les tortionnaires

« Ne vous ont point remis aux mains de leurs valets

« Pour tenailler vos chairs, ou sur les chevalets,

« Ou sur les grils fumants; puisqu'ils ont fui vos claies,

« Puisque leurs mains, craignant de toucher à vos plaies,

« Au plus haut de vos tours ne vous ont point pendus!

« Accourez! Car en vain vos enfants éperdus

« Virent un jour grandir l'auréole sanglante

« Qui s'abattit soudain sur leur foule insolente,

« Car tout ce peuple en vain bravant vos regards faux,

« Pour punir vos forfaits dressa les échafauds;

« Car l'herbe vainement a couvert les décombres

« De vos châteaux rasés, qu'ont fuis jusqu'à vos ombres;

« Car votre race enfin reparaît sous les cieux,

« De vos hontes prenant l'héritage odieux!

« Allons, traîtres, maudits, aux fureurs impies,

« Et vous, corbeaux, vautours, chiens, loups, renards, harpies,

« Accourez, on ne veut plus longtemps vous lasser,

« Et les cadavres vont sous vos yeux s'amasser.

« — Et toi, squelette étrange, ici, sans sépulture,

« Qui servis aux bandits de sanglante pâture,

« Viens aussi sur mes pas. — Lève-toi! — Qu'as-tu fait?

« Les justes, dans ta mort, virent-ils un bienfait?

« Ou d'un assassinat devins-tu la victime?

« Écoute ces échos. — Parle, quel est ton crime?

« As-tu manqué jadis au devoir, à l'honneur,

« Refusant de baiser les pieds de ton seigneur?

« Aurais-tu, criminel, commis l'indigne outrage

« De ne point accepter la dîme ou le péage?

« Triste insensé pour qui la guerre était sabbat,

« Pour sauver tes enfants as-tu fui le combat?

« Ton maître a-t-il daigné te marchander ta fille?

« As-tu voulu mourir, martyr sous la manille,

« Plutôt que de céder, à quelque reître en vin,

« L'épouse que l'amour disputait à la faim?

« Dis, quel est ton forfait? Montre-moi ta souillure?

« Mais ne crois pas pourtant qu'on plaindra ta torture;

« Un jour de châtiment peut-être t'a vengé ;

« Mais le crime renaît ; pleure, rien n'est changé! »

Mon cri dans le cachot se répétait encore,

Quand une voix parla, longue, grave, sonore :

« — Tu blasphèmes, enfant, et tu viens sans remords

« Troubler de ta douleur la cendre de ces morts.

« — Tais-toi, je répondis, divinité des songes,

« Ma bouche ici n'a point proféré de mensonges;

« Dans ce sépulcre obscur, ignorant le soleil,

« Du temps où tu vécus tu ne vois le réveil!

« — Je sais tout, insensé; mais je reste dans l'ombre,

« Car votre jour n'est point pour mes feux assez sombre;

« Laisse contre la foi lutter les criminels,

« Ils n'empêcheront pas mes arrêts éternels,

« Et leur souffle ne peut rien contre ma lumière.

« Vois ce squelette ici couché dans la poussière,

« Depuis un siècle il dort par cette cruauté;

« Cet homme aimait aussi la sainte liberté.

« L'entends-tu gémir? Non! car je suis là, je veille,

« Et, quand il faut frapper ses bourreaux, le réveille! »

Je tombai foudroyé; car soudain dans la nuit,

Après un long éclair, retentit un grand bruit;

Le squelette en courroux ayant brisé ses chaînes

Se dressa sous mes yeux, enflammé, plein de haines,

Et vint se prosterner en esclave soumi

Devant la déité dont le regard ami

Contemplait doucement ma terreur et ma crainte.

Cette déesse était belle comme une sainte,

Et son aspect avait un parfum de vertu

Qui me fit m'affaisser, disant : « Qui donc es-tu?

« — Sache le! car enfin dans ton cri solitaire

« J'ai connu le tourment qui déchire la terre.

« Apprends donc que je suis celle qui dans les cieux
« De leurs crimes punit les hommes odieux.
« C'est moi qui, sans secours, m'élançant de la nue,
« Vins porter ici-bas ma lumière inconnue,
« Quand le monde vivait dans cette obscurité,
« Où les rois garrottaient partout la vérité.
« J'ai sur tous ces méchants fait descendre la foudre ;
« De leurs trônes j'ai fait des amas dans la poudre ;
« J'ai pu sous mon tonnerre écraser les plus forts,
« Les abattre à mes pieds, les briser sans efforts,
« J'ai vu se tordre enfin aux coups de ma colère
« Ces assassins du juste à l'appareil sévère,
« Et méprisant alors leur vaine cruauté,
« J'ai, sur tous ces débris, conduit la liberté.
« J'ai veillé son berceau, protégé son enfance,
« Et dans sa force encore lui donne ma défense,
« Des vils ambitieux, déjouant les complots,
« J'ai gouverné sa barque en apaisant les flots,
« Et l'ai conduite ainsi vers la terre enchantée
« Dont elle va sortir plus grande et respectée !
« Mais si ces malheureux unis pour nous braver
« Dans notre marche sainte osaient nous entraver,
« Si ces fous revenaient habiter ces murailles,
« J'irais de mon poignard déchirer leurs entrailles ;

« Arrachant aux tombeaux ces squelettes heureux,

« Je leur ferais troubler ces lâches, ces peureux ;

« Ils iraient chaque soir s'étendre dans leurs couches,

« Se dresser devant eux terribles et farouches,

« Et tous ces morts enfin dépouillant leurs linceuls

« Viendraient les attirer auprès de ces cercueils ;

« Je conduirais aussi, dans ces lieux, la tempête,

« Sous l'orage en courroux ferais tomber leur tête ;

« Je ferais écrouler tous ces donjons branlants,

« Et les écraserais ainsi que leurs enfants. »

A ces mots un grand jour sous ces voûtes funèbres

La montra rayonnant au milieu des ténèbres,

Et je me prosternai dans l'admiration.

« — Quel est donc ton pouvoir ? Comment t'appelle-t-on ?

« — Ceux qui craignent mes coups m'appellent la vengeance,

« Mais pour les bons je suis l'amour et l'indulgence ;

« J'ai le crime en dégoût et le bien pour délice,

« Je suis le Dieu vengeur et me nomme : Justice !

  Paris, mars 1872.

EPILOGUE.

Essaim de strophes courroucées,
Qui vient tourmenter les tyrans,
Ces feuilles furent arrosées
Du sang qui coula par torrents.

Jusqu'au jour où tonna l'orage,
Elles vécurent sans effroi,
Mais s'envolèrent avec rage
Dès les premiers sons du beffroi.

Dès que se dressa la bataille,
Elles quittèrent les bosquets
Pour écouter sous la mitraille
Les cris de mort et les hoquets.

En voyant passer tant de hontes,
Elles ont fui loin des vertus,
Et sur les lâchetés trop promptes
Tous leurs dards se sont abattus.

Vous avez entendu leur foule
Qui murmure contre l'oubli,
Et qui vint ainsi que la houle,
Rejetant les morts de son lit!

Que maintenant sous leurs blessures
Périsse à jamais l'assassin,
Qu'il expire sous les tortures
Du poison lancé dans son sein.

Alors, en déployant ses ailes,
L'essaim de malédiction,
Quittant les sphères criminelles,
N'aura que bénédiction.

TABLE.

PARIS.   J. CLAYE, IMPRIMEUR, 7, RUE ST-BENOIT.   [842]

PARIS. — J. CLAYE, IMPRIMEUR, 7, RUE SAINT-BENOÎT. [812]

www.ingramcontent.com/pod-product-compliance
Lightning Source LLC
Chambersburg PA
CBHW051136260626
47170CB00005B/1849